明月一轮照古今

崔敬义 著

自署

陕西新华出版
陕西旅游出版社
·西安·

图书在版编目（CIP）数据

明月一轮照古今 / 崔敬义著 . -- 西安：陕西旅游
出版社 , 2024.11
ISBN 978-7-5418-4523-9

Ⅰ . ①明… Ⅱ . ①崔… Ⅲ . ①散文集－中国－当代
Ⅳ . ① I267

中国国家版本馆 CIP 数据核字 (2023) 第 211336 号

明月一轮照古今   崔敬义 著

责任编辑：韩 双
出版发行：陕西旅游出版社
    （西安市曲江新区登高路 1388 号 邮编：710061）
电 话：029-85252285
经 销：全国新华书店
印 刷：西安市建明工贸有限责任公司
开 本：787mm×1092mm 1/16
印 张：12.5
字 数：120 千字
版 次：2024 年 11 月 第 1 版
印 次：2024 年 11 月 第 1 次印刷
书 号：ISBN 978-7-5418-4523-9
定 价：68.00 元

韵味悠长

诗书传家
怦动于中
崔雅女士
壬辰 阎纲

我一以贯之，写散文，纯情——传神——带体温，却搞不清什么是"体温"。读崔先生的散文，看他掏心窝子，全身心地投入，读着读着一股暖流直抵灵魂，正对应了一句名言：在主义之上我选择良知，在冷暖面前我相信皮肤。这不就是体温吗？

——阎纲

闫纲题字

第十一届中国艺术节参展作品

大篆 〔北宋〕张载『横渠四句』

为天地立心，为生民立命，为注圣继绝学，为万世开太平

老骥伏枥，志在千里　烈士暮年，壮心不已

入展首届全国老年书法艺术展作品

原广八百里紫气东来　岭高三千尺青嶂西去

原广八百里紫气东来

岭高三千尺青嶂西去

王正宇副教授德教醫方碑帖

崔敬义 书

陕西人民教育出版社

《王正宇副教授德教医方碑贴》书影

先生諱棟字正宇陝
西岐山聖佛寺人一九零
九年夏曆三月初一生幼
從伯父就學渭州性聰慧
能苦學一九三零年以榜
魁入西安中山大學文預
科旋以家貧輟學回岐從

教十載曾任岐一高校長
有年時與進步人士過從
甚密以抗岐令劉某之貪
暴而遭通緝逐迫避漢中
等地三十轉隱遊自學
中醫乃以當時環境所迫
抱負難酬故思以醫術濟

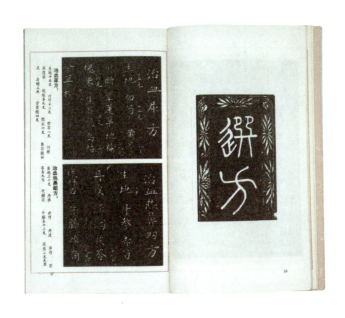

《王正宇副教授德教醫方碑貼》部分正文

好人崔敬义

序一

徐 岳

敬义者，姓崔。人恒敬之。咸阳毛纺厂人莫不赞焉：好人崔敬义！

他出生于岐山县崔家庄。1953年，正上初一，他突然失踪了，不久传说他考入了咸阳纺织厂。后辗转于西安、咸阳，又经历了工作岗位的多次转调、借调，最终以他的渊博才学和兢兢业业、任劳任怨、刻苦奉献的精神，坐上了咸阳陕西第一毛纺织厂党政"两办"主任的位子。且不管厂长、书记怎样轮换执政，他总是稳坐"钓鱼台"。崔敬义就这样把一生心血，献给了他所热爱的教育事业、行政工作和书画艺术。

他曾出过几本书画集。今天，子女出自孝心，经过搜集整编，要给在书文艺术园里辛勤笔耕了一辈子的父亲出一本文集，了却家人心愿，更圆了老人生前的梦想。面对这本《明月一轮照古今》书稿，我浮想联翩——往事如月辉，普天照大地。众人皆口碑，今我乃记之。是为序也。

一、少年英豪

从小我就知道他。他最早名叫"鸡唤"，后改为军生。一岁多就没了娘，是个苦孩子。他是我祖母娘家的侄孙子，是我小时的玩伴。

我跟祖母走娘家是常有的事。她有她的老亲人，我有我的小伙伴。那年代的乡下娃，入学之前，扁担倒了也认不得是个"一"字。但我俩得益于各自的家庭教育，能识得几十个字。祖母娘家是大户人家，四十多口人。家是一连四院，都是前厅房后楼房，唯有一院与众不同：大门顶上悬挂一块木匾，上书四个金字——耕读传家，都是繁体字。我觉得太神秘了，只能可笑地念"啥、啥、啥、啥"，但军生会念，还能用指头在地上写出来，更叫我觉得他真了不起！他还知道他祖上有个举人老爷爷，名叫崔永麟。我问："你见过吗？"他哈哈哈笑弯了腰。我不明白这有什么好笑的。他说："那是清朝人，咱们见不上。"我又问："见不上你怎么能知道？"他说："《县志》上有。"我再不敢问了，心里佩服他什么都知道。

　　说来凑巧。1951年，由初小升入鲁家庄完全小学后，我俩竟成了同班同学（他是早我三年进鲁小的），此时我才知道他叫崔敬义，他才知道我叫徐岳。在一堂语文课上，孙国梁老师读完《强渡大渡河》后问同学们，谁会用"尖兵"一词造句？好多同学还在大眼瞪小眼的时候，崔敬义抢答："我要做一名尖兵，走在最前面。"老师当即表扬了他才思敏捷，惹来很多羡慕的目光。但他轰动全班的事，却不是这件，而是发生在那年冬天的一件事情。记得那天，同学们都把桌子搬到院子晒暖暖，写大字。忽然，"鲁县长"来了。这个"鲁县长"，是民国二十多年在眉县做过县长的大官，告老还乡后，一直赋闲在家。"鲁县长"家就在学校旁边。他是当地家喻户晓的大写家，别说一般老百姓请他写字，我们校园里许多大小标语都出自他的手笔。老师们叫他鲁先生。我们跟着村里人依然叫他"鲁县长"。却说"鲁县长"来到同学中间，看了看学生写大字，坐在崔敬义身边说："来，叫爷给你写个字。"同学们闻声围过来看他写字，只见"鲁县长"接过笔后，在崔敬义的大字本方格里写了一个"周"字。他大概不太满意，接下格又写了第二个"周"字。他放下笔意犹未尽地走了。同学们看到崔敬义也接下格又写下第三个"周"字。三"周"并列，当时并未引起什么波动。第二天，老师批完大字作业后，却炸翻了锅！老师给第三个"周"字画了个红圈圈。大家说崔敬义比鲁县长还写得好！崔敬义笑道，那是老师看走了眼。

不过，从此以后，崔敬义包办了我们五年级的壁报缮写。

所谓壁报，是贴在墙上的学生手工报，篇幅有现在的《陕西日报》一张半那么大，由四年级以上的各班学生自办，从栏目策划、组稿、划版到缮写、插图、报图，直至张贴在校园。那时的主题内容是抗美援朝，保家卫国。每期报图32开大，非崔敬义莫属。出报时按年级贴出，好像比赛一样。我们班的壁报文图并茂，常受师生好评，大家也少不了要提到崔敬义的名字。壁报也讲究娱乐性，各班壁报均设有《猜谜》栏目。崔敬义编的谜语知识性和趣味性俱佳，又特别接地气，一时成了"热门货"。我至今还记得两则：一则是"韩信保刘邦（打一老师名）"，谜底是体育老师张维汉，一时传为鲁小佳话；还有一次，我班壁报刚贴上墙，霎时人头攒动，我忽然发现一个谜底签的是叫我脸红心跳的两个字——徐岳，忙看谜语——"满山是兵兵没腿"，谁编的？崔敬义！老兄太有才了！更叫我吃惊的是，还没升六年级，他就当了全校少先队的大队长，不久又当上鲁小学生会主席。升到六年级后，他竟成了全校唯一的一名青年团员。

"青年团员"这一称号太神圣了。正当我对此有点迷惑不解时，听到有老师说，崔敬义在1949年中华人民共和国成立前，仅仅十一岁，就冒险给游击队送过信，其时他才在鲁小上四年级。因他的姐夫王志昌是地下党，任教鲁小，才把他领到身边就读。鲁小紧靠北山，北山是游击队大本营，那时国共两党在鲁小附近的明争暗斗十分激烈。崔敬义就是在这样的复杂的环境里成长的。有一次，天近黄昏，姐夫要他把一封信送给本村一个人，再由那人连夜送到北山游击队的大队长刘岐周手里。如此十万火急，只有崔敬义才是唯一的合适人选。犹如我们后来所看的连环画《鸡毛信》。他知道他不能推辞，更知道那时地广人稀，四处荒凉，野狼出没，崔敬义肯定要做《鸡毛信》里的海娃了。他一路小跑，提心吊胆，真有"草木皆兵"之感，头发都好像竖起来了，赶了十几里路才到了那人家里。那时他已经不是什么海娃，而是一个"水娃"（浑身是汗）了。这件事使我重新认识了崔敬义。他早早成为共青团员就没有什么不可理解的了。

二、曲折人生

前文说过，正上岐中一年级的崔敬义突然"失踪"了。他去了哪里？

1953年12月30日，他正式报名进了咸阳西北国棉一厂，做了一名工人。他要自食其力，因为穷人的孩子早当家。

那时他因家道没落，每月连学生灶上三块钱的菜金也交不起；又不忍心看着哥哥起早摸黑，进山打柴，挑回家后歇歇脚，第二天再翻沟越岭，来回60里，挑到学校给他顶菜金。善良的崔敬义只有玩"失踪"，从扁担下解救哥哥。

1954年西北国棉四厂建厂，他作为技术骨干被调到西北国棉四厂，后被派往郑州学习。半年后，他回到四厂参与设备安装。

常言道，是金子放到哪里都会发光。他的学识，他的字画，他待人接物的朴实厚道的作风，他认真敬业的工作态度，很快引起了厂长的注意，也引起众人的关注。那年月，领导自有领导做事的严谨做派。三年后，他被提干，进了厂办。

男大当婚，女大当嫁。1962年夏天，崔敬义要结婚了。国家困难，他家更困难。怎么办？只领了两丈多布证，也没用，也没待客，俗称"干结婚"。他本是一岁离娘，少年离爹，与哥姐过惯了苦日子，也磨炼出了一身能够受苦受难的硬骨头。他已不在乎生活中的那一个"苦"字了。不料政治风浪却一波接一波地来了，并把他漩到漩涡里去了。因此他不能再待在机要部门，离开了厂办。

好人崔敬义还有什么好说的，离开就离开。

他被调到咸阳轻工业学校、技工学校任教，后又调到陕西第一毛纺织厂职工夜校。

此后，他又受到一些牵连，但他那渊博的学识还是被一些领导认可的。于是，他最后稳定在职工子校任教，教的是高中语文。他这人本性就是干一行，爱一行，专一行，不是那种这山看着那山高的人。从鲁小毕业后，他先考取凤翔师范学校，后来又考取岐山初中。最终却因那年我们班没人上凤翔师范学校，他没有伴儿，被大家裹挟着上了本不属于他上的岐山初中，这才无奈改道进了毛纺厂，又意外地做了"崔老师"。既做高中老师，他就要做一个合格的高中老师。当年凤翔师范学校没上成，后来他给自己加码，报考了陕西师范大学汉语言文学函授班。当时有句流行语："函授函授，难受难受。"但崔敬义不信邪，不怕困难，坚持四年业余学习，直到毕业。假日的面授，临时的考试，他从不空缺。最终，他拿到了向往已久的本科文凭。他教的高三语文课更是深受学生和家长的好评。

16年的教学生涯，使他成了名副其实的崔老师，厂里几代人都有他的学生。他给了他们以父爱。他回到家里，看到孩子，又开始尽他做父亲的责任。每天晚上孩子们入睡前，他会给小小年纪的儿女，像说书一样，讲一段中国四大名著里的故事，从不空缺一晚。孩子们上学后，有一次，崔敬义白天看到咸阳人民给毛主席纪念堂送柏树，晚上就指导孩子们将此事写成日记，从小培养儿女爱党爱国的感情。在厂里，人都叫崔敬义为崔老师，都尊敬他，说他没架子。生活总是复杂的。他有时在外也会碰到不顺心的事，但绝不带到家里，相反还会更乐观。比如夏天，他会举起扇子，欢乐地高叫"风扇来了！风扇来了！"跑过去给儿女扇凉。儿女身上的暑气，他心里窝的闷气就这样被驱散了。在妻子面前，他更不会把外面的气带回来向她发泄，更不以大丈夫自居，更不带一丝"老师气"。有时，夫妻间偶然顶了几句嘴，末了还是他来赔罪。有人知道了笑崔敬义，崔敬义笑着说：

"谁叫我是个老师。"他把"老师"就看得这么神圣。

好人崔敬义，也就是崔敬义人好，在厂里好，在学校里好，在家里好。有人说，好人多吃亏。且看崔敬义这个好人都会怎样吃亏？

三、"五朝元老"

随着中国改革开放的步步深入，崔敬义身上的精神枷锁慢慢地打开了。

1985年10月，崔敬义离开了他恋恋不舍的三尺讲台，离开了他倾心十多年的教育工作，走上另一个曾歧视过他的岗位。在这个时候，他的心情是否复杂呢？

他是个一贯替他人着想的人。这种人的心思往往单纯得如一杯清水。他就任毛纺厂办公室主任后，还像个语文教师，办事文质彬彬，对人笑脸相迎。厂里人依然亲切地叫他"崔老师"，有些人还宁愿啰唆些，竟叫他"厂办主任崔老师"。崔敬义只顾忙他的事，并不在乎这些。这一干就是四年，直到第一任厂长卸任。第二任厂长就职了，夸他老马识途。作为高中语文教师的他，虽更能详解"识途老马""老马识途"之类的成语，但他觉得领导用这些成语，对他都是过奖了，他还算不得"识途"呢！他觉得倒有一个成语切近他的感情，那便是"老马恋栈"。但他仅指旧情，非禄位也。

再后来，党办、厂办合二而一，组织上决定由崔敬义身兼"两办"主任，但人们还是喜欢称他"老师"。他从不好为人师，对人平易近人，谦虚谨慎；对事一丝不苟，公正有序。他不懂主任架子，也没有主任架子。他只知道他是为毛纺厂班子上上下下领导、工人、群众服务的，服务是他工作的核心。人都说"两办"的事太杂了：上头千条线，下头千条线，"两办"一根针，都要穿过去。但崔敬义自有崔敬义的独特工作法，他手勤脑快。"两办"的人都知道他们的主任有个小本本，不管千事百事，他都会及时记在上面，按照轻重缓急，有条不紊地去实施。在厂里，在"两办"，都知道崔敬义是大文化人。"两办"一年要起草、批阅的各种文件、材料、报表少说也得用"百"来计，可没有崔主任批阅把关，谁当书记、厂长，谁不放心。可崔敬义就要多费心了，但他不怕，他为了工作加班加点，甚至熬个通宵达旦，都不在乎。他习惯了这样忙碌的"工作狂"角色。所以，他白天免不了迎来送往，召集组织门类繁多的大小会议；晚上才是他大显身手的时候，厂领导的重要发言讲话，向各级组织的总结汇报，诸如每届职代会的大型报告材料，往往要他亲自执笔，月报年报要他过目细审。在他任上，正好是本厂40年大庆。为了策划出版《厂志》（1958—1998），他业余时间"义务劳动"，严格把关，反复推敲，反复核实，不许出一点硬伤和纰漏。当然这本书除了主办者"厂志办"，全厂上上下下很多人都付出了心血。

他在工作上任劳任怨，从不计较个人的利害得失。小事如开会、坐车，他会非常仔细地把每个领导、有关同志都安排在合适的位子上。他不坐头车、二车，哪里方便哪里就是他的位子。比方"两办"情况特殊，晚上有时要加班到深夜，有些人没能回去。第二天早上，他会记着派车，把有小孩的女同志送回去，让她们尽快料理家务。再比如为了减少文件错别字，他给打字员配了字典，从根子上提高他们的识字能力。崔敬义连任"厂办""党办"两办主任五届，毛纺厂人称他是"五朝元老""功臣"。也有人说，他早该提厂长了。崔敬义听了却笑笑说，主任比厂长轻松些，适合我干！

四、毛纺厂的名片

崔敬义曾这样介绍自己："高级中教，陕毛一厂党政两办主任。"这就是说，他很看重自己的这两个身份，把他的全部心血都消耗在这两项工作上。笔者要给他的自我介绍再添一句话：毛纺厂的名片。

崔敬义上鲁小时，就爱上了字画。他有一本岐山本地石印的画册，作者是岐山著名画家王遷善。他抱着它，成天描呀画呀，因此班上的壁报才成了他施展才能的园地。离开鲁小后，他也没有放弃过书画。即使进了国棉一厂，或四厂，以至毛纺一厂，不管多忙，他都没有丢掉字画，而且将字画融进了他工作的每个环节，直至结为一体。比如厂际之间的合作交流，要递上毛纺厂的名片，这个名片不是别的，就是崔主任的字画；合作出现了裂痕，还需要他的字画；企业界上上下下的诸多关系的维护，他的书画也是无可替代的宝贝。逢年过节，他义务给师傅们送字送画，给大家的节日增添喜庆的气氛。每到这时节，他常忙得四脚朝天，却总是乐呵呵的。还有厂外的事，他每每受邀去外界参加书画活动，人一到场，纸一铺开，围观者就上来了。他是有求必应，不定下班时间，挥毫挥汗，直至想要的人拿到了他的字画。有人说他篆隶好，有人说他行草好，说什么好的就写什么。要到最后，都说他篆隶楷草行皆能匠心独运。还有人说他勤于中国花鸟，将绘画元素巧妙揉到书法中。他脾性好，朴实谦逊，毫不在乎别人要作品。他的心思有时朴素得就像个崔家庄的老农民，给人写一方字，尽管讲指、腕、肘三力并用，但它有拉一架子车土费劲吗？能把人的油挣出来！

大家为什么这样爱他的字画？有人给他赠送过这样一副藏名联：

敬业诗书画

义门仁智信

如此看来，是他的艺术和品德共同赢得了人心。讲艺术不能不讲名声、名望，游人皆可目睹者：北有孙思邈祠堂、南有乐山大佛、家乡有周公庙碑亭、本地有咸阳古渡廊桥等十多处名刹古迹，都留有崔敬义撰写的楹联。至于名人名馆收藏的他的笔墨丹青就一时不好计其数了。

五、圆了文学梦

好人崔敬义，怎么说他自己呢？

他说，"我书，我画，我文，三丑也。"说得很幽默。他的书与画怎样我已说过了，现在来说他的文。

在这本书里，他把自己的作品共分了五篇。一为"年节漫笔"，从春节说到九九重阳，共八篇散文，叙述了民间传统的重大节日；二为"往事回眸"，以散文形式写了自己过去亲历亲闻的事情；三为"十二生肖趣话"，这组散文比较整齐划一，民间文学色彩、方家学术色彩都比较浓厚；四为"散笔拾遗"，从内容到形式都比较杂些，但却表现出这个好人不是不分是非的"好好人"，他有他严肃、严厉、严谨、严明的四严作风——好人崔敬义，文如其人啊；五为"劳动者之歌"，这是一组文学性最浓的散文。下面我想先跑一跑题，说一段与崔敬义无关的事情。

那一年，我和当时主持中国作家协会工作的马峰同志，正好同期在深圳度假村度假。他问我带没带《白鹿原》。我说："没带。我在这里人熟，给你借一本。"他同意了。我想，能叫马峰看看这部小说，机会难得！那时《白鹿原》出版时间不长，我很快坐船去珠海借到了一本。一个礼拜之后，马峰找我谈话。末了他叮咛我要把他的话带给陈忠实。我带给了老陈，核心有两点：一是《白鹿原》写得很好，他认为可作下届茅盾文学奖的候选作品；二是"西安事变"，白鹿原离"西安事变"发生地那么近，对震惊中外的大事变在白鹿原上引起的反响应该补写一下。老陈听后，感到马峰的建议不错，很感谢！老陈后来对《白鹿原》改写过，但没有提说西安事变。原因固然是多方面的，主要恐怕还是他不了解那段历史，况且再要调查也不是那么容易的。我由一个大作家的困惑想到了崔敬义，他也没经过那段历史，但他的朋友的朋友是"事变"中人，于是口口相传给了他。他写出来了，且使读者耳目一新。所以，他的文学作品虽不多，却总在推陈出新。

我还想由此再说开去。这本书的第五部分"劳动者之歌"里，有许多篇章，使人一看题目就想读。如《把大笼重担留给我挑》《节约"一克毛"》《赶修》等读了就觉得题材新颖，人物鲜活，剪裁精当，不由得使我想起他的"双主任""五连贯"的职务来。这不就是作者自己那种"把大笼重担留给我挑"的正能量吗？

在我们作家这个行当里，最爱谈论深入生活了。崔敬义的文章没有无病呻吟、隔靴搔痒的。关键是他成天在工厂里，成天在工人和干部堆里，是一个参与者的角色。他太熟悉、理解他们了，因此，他的文章总是很接地气的。

比如《王师傅的工作服》，可以说是来自生产第一线上的新闻，也可以说是纪实小说，还可以说是构思精巧的小小说，因为他有跌宕起伏的情节，生动鲜明的人物。在《十二生肖趣谈》这组散文里，明眼人也能感觉出他驾驭小说的超强能力，只是他把精力没有往这方面用。他太忙了，没法用。这怎能不叫人遗憾！

最后，撇开小说，我也要说，这本书犹如月光，照亮了老同学的文学梦，使我感到无比欣慰。我想，他的家人和老朋友的心里，也都会有这种深沉的、激动的感觉。

2021 年 6 月 15 日·西安

这是一位让我很敬佩的老人。去年，他和老伴独行到文学馆，他告诉我："文学馆有一幅我写的字，我想换下来，那幅字是好多年前写的，没写好。"他展开一幅字，我没敢细看就急忙收下。他为了追求艺术的完美，和老伴搀扶着来到文学馆，使我很感动。早就听说崔敬义老师要出版一本书，但不知道是什么内容。崔老师不但写一手好字，他的文笔也非常优雅，曾多次在报刊上读到他的文章，令我钦佩。没想到他托人找到我，让我给他的作品集写一个序。我是一个不大会写序的人，有些朋友叫我写序或者写评论，我大都拒绝。但崔老师的序我一口答应了，他是一位让人敬仰的老师，不但字好，人更好。

接过他的新作，我连续看了两遍，这个名叫《明月一轮照古今》的文集，使我获得很多知识。《明月一轮照古今》分为五部分，有"年节漫笔""往事回眸""十二生肖趣话""散笔拾遗""劳动者之歌"。他讲年轮，讲岁月。"日月光华歌复旦，云霞灿烂乐长春，一年一度的春节又到了。"他从历史讲来由，他讲民间的春节，皇帝的元旦，在"万年"的故事中，我们知道了"日出日落三百六，周而复始从头转，草木枯荣分四时，一岁月有十二圆"的故事。《于右任写告示》写得很有趣味，一字之差，意义不同，一个"小"字，反映出我们汉字的诸多内涵。散笔拾遗，趣话人生；十二生肖，本是表示年轮的一种方法，是劳动人民在漫长的生活中把与自己息息相关的动物排成的12个生肖，也是对一些器官功能超过人类的动物产生的一种崇拜，在崔老师的笔下，每一个动物活灵活现，趣味无穷。鼠的精灵，老黄牛的憨厚温顺、勤劳，虎的勇猛、威严，猴子的聪明、机智，鸡的勇敢、仁慈、友爱、守信。他用唐伯虎的一首诗："头上红冠不用裁，满身雪白走将来，平生不敢轻言语，一叫千门万户开"，把鸡的英姿、言语谨慎，为千家万户守信司晨的品德描绘得淋漓尽致。《咬文嚼字说"秦"字》看出他对汉字的敬畏，一个秦字反映出他对文字的崇拜，为一个秦字，他查阅《康熙字典》翻阅文字书籍，追寻祖先的智慧，维护汉字的尊严和纯洁。

这是一部劳动者的手记，《五尺旧油布》《节约"一克毛"》将你带到遥远的岁月。这是一部读书人的札记，难以忘怀的故事使你在穿越历史的同时，在有限的界面里，享受着有趣的知识。这是一部读起来就放不下的好作品，他用自己的真情实感，为我们创作了一部让评论家可圈可点的优秀文集。

王　海

著名作家，中国作协会员，陕西省作协副主席，咸阳市文联副主席。

笔墨写人生
丹青绘春秋
——记书画家崔敬义先生
序三

宁颖芳

崔敬义先生是闻名遐迩的书画家，在耄耋之年，仍然坚持读书写作，情系丹青，舞文弄墨，笔耕不辍。

崔敬义先于1938年农历五月十三生于陕西省岐山县周原乡北庄崔家庄一户书香之家。他的先祖崔永麟是乾隆六年的举人，授为知县，后借补为浙江鸣鹤盐场分司任职，对宋元以来程朱理学钻研精深，著有《管中录》《仁山制艺》等。据1992年编写的《岐山县志》记载，时儒称"是宋理学关中创始人张载在眉县讲学传道以来，关中代有传人。"崔敬义先生还记得旧家谱上的对联："六代冠裳由宋而明而清始信先祖阴骘大，千秋坟墓自古以似以续方知后人继承难""发迹自彬想绵绵瓜瓞覆穴少有宁家乐，肇基以文学念渊渊薪传科丹常留手泽香"。

崔敬义先生是从岐山周原大地走出去的，这片飘风自南、堇荼如饴的厚土，哺育并滋养了他。他小的时候，家境富裕，大宅院共有5个院子，雕梁画栋，富丽堂皇，家里有40多口人。老屋门前有先祖中举后插彩旗的石墩，厅堂大门有木刻楹联"明月松间照，清泉石上流"。厅堂有"德范可风"的大匾，厅内四壁悬挂着古字画，摆设极像鲁迅笔下《祝福》中鲁四老爷家的节庆场面。这些后来都被拆除或损坏了。

崔敬义先生从小酷爱书画，学前就进书房，染翰墨，诵诗文。家藏古书特别多，爱好读书的他常常捧起书籍不愿放下，在缕缕书香中感受着艺术的魅力和世界的奇妙。少年读书的经历与爱好，使他胸怀大志，富有理想，并且养成了对美的执着追求，对艺术的敏感与热爱，这也成了他一生不曾放弃的梦想。

崔敬义先生一生命运坎坷，一岁时丧母，四五岁时家道败落，十四岁时丧父。他也曾在舅家寄养上学，后来姐姐出嫁了，是继母将他和兄妹几人养大。他的姐夫和舅父既是他的老师，又是中共地下党员，他在小学毕业前，已加入了共青团，中华人民共和国成立前，他曾几次给游击队送信。

1952年，崔敬义小学毕业，考上了凤翔师范，他没有去，而是报考了岐山中学。睡的是麦草铺，家里送面、送柴到学校，来抵伙食。在艰苦的条件下，他勤奋读书学习，苦练书法、绘画。他没有想到，这个兴趣爱好会伴随他一辈子。

1953年冬，西北四棉招工。崔敬义听说后便偷偷离开学校去考工，结果被录取了。他去时带了几个烧饼，没想到在宿舍被人偷走了。考完试，他饿着肚子坐火车从当时的武功考点回家，在眉县站下车后，又走了50多里路赶回家。因鞋子夹脚，他一路艰难行走，等回到家后，右脚大拇指甲都磨掉了。

1953年12月28日，崔敬义到西北一棉报到，参加技工培训，后转到大华培训。1954年秋冬，崔敬义到河南郑州海滩寺郑州纺织机械制造厂培训。年底，他回到西北四棉从事安装工作。工作之后，他求学的心愿始终没有改变，在业余时间继续读书，写文章，写字画画。那时，厂里有夜校，纺织城有夜大，他抽时间都参加，按时做作业，不仅学完了中学的主要课程，还读了很多古今中外经典文学书籍。另外，他还读了大量的历史和哲学书籍，并且做读书笔记与摘抄，足足有30多本，从中汲取营养，年轻时，他因读的书多，经常应工会、共青团组织邀请去给职工讲课，丰富的知识，生动的内容，加上他常常引经据典，因此深受职工欢迎。

从20世纪50年代开始，崔敬义先生就一直写作，并发表了不少作品。1956年他调到四棉厂秘书科工作。20世纪50年代末，他被调到西北纺织技校教书，这样便有机会在陕西师范大学中文系进修学习，并取得了本科文凭。之后他调到陕西毛纺一厂学校执教高中语文，后来到厂党政办任职。

在干好工作之余，一支毛笔书法绘画，一支钢笔撰写文章，寒暑易节，不舍不辍，技道俱进，日新又新，人老艺老，庶几炉火纯青，他的书画作品受到同行及职工们的喜爱。在书画领域的长期辛勤耕耘之下，崔敬义先生迎来了硕果累累的金秋。他被吸收为中国书法家协会会员、陕西美术家协会会员，被聘为咸阳书法家协会名誉主席、咸阳市国画院艺术顾问。他的书法作品多次入展国展，2016年入展第11届中国艺术节书法展，入编数十部典籍，也为国内一些馆所和国际友人收藏。1956年以来，他在省市以上报刊发表文章及书画作品300余篇（幅），出版有行书《前出师表》《崔敬义书画选》《崔敬义扇面书画选》等。在香港回归时，崔敬义先生的作品和全省71位书画家作品在西安电视台进行了推介，并在省历史博物馆展出。1990年出版的《王正宇副教授德教医方碑帖》被《陕西省志卫生志》列为医方文物碑。20世纪90年代，由陕西中医学院郭鹏教授主编、崔敬义书丹、陕西人民教育出版社出版的《世界名医碑》，收入他的作品。他还为周公庙、乐山大佛、咸阳古渡廊桥、长武亭口、咸阳湖、秦都桥等景点及休闲场地撰写楹联，留下墨宝。

崔敬义先生的绘画作品展示了一个美而和谐的天地。花鸟虫鱼，无不散发着清新、鲜活的气息，栩栩如生；篆书、行书、楷书，墨香吐芬芳，清风满乾坤，无不散发着中国传统文化的清韵雅趣与无穷魅力。著名书画家叶炳喜先生曾这样评价他："崔先生是一位才学横溢，成就卓越的书法家，于篆隶楷行草皆能匠心独运，尤其在大篆和行书方面造诣最深。他还勤于中国花鸟画的创新和研究，常将绘画原理妙用于书法之中，达到了相得益彰、书画相辉的境界。"

崔敬义先生喜欢读书，于是买书、藏书就成为他一生的习惯。至今他家中的藏书就有十大柜子，册数已无法统计。对他来说，"书中乾坤大，笔下天地宽"。他平时最大的乐趣就是在家读书，或翻阅浏览，或细看精读，几乎把家中存书都读完了。遇到用时，他如数家珍，能及时找出来。他读书范围极广，又善于思考，在平日读书看报时遇到不准确或者有疑问的地方，他立即翻阅资料，勘误纠正，因此他看过的书中常有眉批与注解。有文友来请教，他也总是谦逊和蔼地接待，耐心细致地解释。

"莫道桑榆晚，为霞尚满天"。退休之后，崔敬义先生以书房为活动天地，凡尘琐事，心无牵挂，只一心伏案开卷笔耕，或文，或书，或画，笔随心走，寒来暑往，乐此不疲。他的随笔集《明月一轮照古今》也即将出版。书中收录了他多年来撰写的随笔文章，既有对中国年节、十二生肖等传统文化的探究思考，又有对昔日工作生活中难忘而精彩的往事的回眸与追忆，文字简洁干净，史料丰富，引经据典，其中信手拈来的古诗词与美丽的传说故事，更为文章增添了缤纷的色彩，读来妙趣横生，让人思索，给人启迪。

对崔敬义先生来说，写字画画，读书著文，既可修身养性，也是一份心灵的愉悦和精神的享受。而他的作品传递给别人的，既是一种美的感染与熏陶，也是一种温暖人生的力量。

——— 宁颖芳 ———

中国作协会员、咸阳市作协副主席。

目 录

CONTENTS

◇ 往事回眸

◇ 十二生肖趣话

◇ 附 录

年节漫笔

日月光华歌复旦，云霞灿烂乐长春。一年一度的春节又到了。

春节，即农历新年，是我们中华民族最悠久、最隆重、最喜庆的传统大节。节时为正月初一。但民间传统意义上的春节，是从腊月初八的腊祭或腊月二十三日（也有二十四日）祭灶开始，以岁末除夕、岁首正月初一为高潮，一直延续到正月十五元宵节为止。

据史载，春节源于夏商时期的祭神祭祖活动。夏历规定的正月与我们现今的正月时间是一致的。但商朝将十二月定为正月，周朝将十一月定为正月。这就是古籍上所谓的"三正"，即夏正、商正、周正。到了秦朝至汉朝初期又将十月定为正月。后来，到了汉武帝太初元年（公元前104年），根据司马迁的建议，采用太初历，恢复了夏历，以孟春岁首为正月。

春节节名在各个朝代也有所不同，先秦时称正月初一为上日、元日、改岁、献岁等，两汉时称正旦、正日、三朝（《史记》载三朝即岁之朝、月之朝、日之朝）等，魏晋南北朝时称元辰、元日、元首、岁朝等，唐宋元明时期称元旦、岁日、新正等，清代则一直称元旦或元日。

春节之名得于何时，有一个传说。相传古时有一位名叫"万年"的小伙子，一天，他像往常一样上山去砍柴。累了，坐在树下休息，他偶然发现树影是随着太阳位置的移动而移动的。经过长时间的观察，他便设计制作了一个日晷仪，来测量记录一天的时间。不久，他又从山崖泉眼滴水受到启发，制作了一个漏壶，来记录时间的流逝。细心的小伙子经过长期观察、测记，发现每过三百六十多天，四季就轮换一次，天时的长短也重复一次。当时的国君祖乙，经常为记录漫长的时间而苦恼。万年闻知此事后，便将自制的日晷仪和漏壶献给祖乙，并讲述了他观察到的日月运行的规律。祖乙十分高兴，认为万年讲得很有道理，即命万年创建历法，为民造福，并派人修建了日月阁、日晷台、漏壶亭等，作为研究基地。过了一段时间，国君祖乙前去了解万年的工作进展情况，登上日月阁，发现对面石壁上刻着一首诗："日出日落三百六，周而复始从头转。草木枯荣分四时，一岁月有十二圆。"看了这首诗，他知道万年完成了任务，十分高兴。这时，万年指着天象对国君说："现在正值十二月满，旧岁已过，新年复始，请国君钦定节名。"祖乙说："春为岁首，就称'春节'吧。"

这只是个神奇传说，并无史载可考，真正的"春节"定名应是在近代。史载，辛亥革命之后，一九一二年，孙中山先生在南京就任中华民国临时大总统，正式宣布我国改用世界通用公历纪年，也称阳历，决定公元一九一二年一月一日为民国元年一月一日，每年的阳历元月一日称新年，阴历的正月初一称春节。

一九四九年九月二十九日，中国人民政治协商会议第一届全体会议宣告了中华人民共和国的成立，在纪年上采用公历纪年法。为了区分阳历年和阴历年，将阳历元月一日称元旦，俗称阳历年。又因中国古历法中一年二十四节气中的立春恰在阴历年前后，故将农历正月初一定为春节，俗称阴历年，也叫新年。

从以农耕为主业的华夏先民，到如今起步新长征、共筑中国梦、向现代化科技强国迈进的中华儿女，依然十分看重春节。人们在春节期间清宅扫舍，张灯结彩，筹备年货，除旧布新，迎喜纳福，憧憬美好未来。

随着社会发展，时代进步，人们与时俱进。如今过春节虽仍以传统风俗为主，但一些迷信色彩浓厚等不合时宜的节俗逐渐被淘汰，代之以外出旅游，赴酒店吃年夜饭等时尚活动。在传统乡土社会风俗氛围浓厚的地域或家族中，过春节还是极富人气的，一定要合家团聚吃年夜饭。吃年夜饭时还要搭配好些副食，以讨吉利口彩，如吃大红枣（喻春来早）、吃柿饼（喻事事如意）、吃杏仁（喻幸福）、吃豆腐（喻全家福）、吃年糕（喻一年更比一年高）、吃长生果（喻长生不老）、吃三鲜果（喻三阳开泰）等。我国地域辽阔，民族众多，各地各族节食年饭也是千变万化，异彩纷呈。春节第一餐吃什么？北方地区人们大多是吃饺子；广西部分地区人们吃的是甜食；壮族吃白斩鸡、油堆等；云南白族人喝泡米花糖水；苗族人吃奶饼、手抓肉、油饼等；四川、重庆等地方的人们吃汤圆；湖南大部分地方的人们吃年糕；居住在湖南的苗族人吃甜酒和粽子；广东一些地方的人们吃"万年粮"；新疆维吾尔族的人民吃大米羊肉葡萄干合制成的普罗、羊肉包子、手抓羊肉等；蒙古族人则全家围坐在火炉旁向老人敬酒，吃烤羊腿和水饺；台湾高山族同胞则吃"长年菜"；福建闽南人吃面条。中华民族的饮食文化太丰富多彩了，难以胜数。

春节的节时长，期间，特别是从除夕到元宵，人们举行各种活动以示庆祝，文化内容十分丰富。最热闹的是要社火和正月十五闹元宵。要社火包括踩高跷、跑旱船、跑竹马、扭秧歌、舞龙、舞狮子，场面大，内容丰富，热闹非凡。正月十五元宵节是春节期间的最后一个活动，是高潮，也是节尾。"一年明月打头圆"，每年第一个月圆之夜叫元夜，夜在古汉语中叫"宵"，所以元夜也叫元宵。宋辛弃疾词

明月一轮照古今

《青玉案·元夕》中写道："东风夜放花千树，更吹落，星如雨。宝马雕车香满路，凤箫声动，玉壶光转，一夜鱼龙舞……"正是描写皓月高悬，大地回春的元宵灯节盛况。千百年来春节不仅在华夏热土盛行，在海外华人聚居的地域也是欢庆不衰。

原载于2017年2月8日《咸阳日报》

扇面　《瑶池蟠实》

火树银花不夜天

正月元夕春如潮，万家灯火夜似昼。

元宵节又称上元节、元夕、灯节，是我们中华民族的传统大节，节日时间是农历正月十五日。正月是农历的元月，古人把夜叫"宵"，正月十五晚是一年中第一个月圆之夜，所以，人们将正月十五称为元宵节。

元宵节历史悠久。据载，早在西汉文帝时，就已经将正月十五日定为元宵节。到汉武帝时，又将祭祀太一神（主宰宇宙之神）的活动也定在正月十五日。至东汉时，因汉明帝提倡佛教，汉明帝听说佛教有正月十五日僧人观瞻佛指舍利，点灯燃烛敬佛活动，就传旨于每年的正月十五日这一天夜晚，在皇宫及各个寺庙里，都要灯烛敬佛，民间也都要设佛堂灯烛香火，敬佛祭神。可见此节日经历了由宫廷到民间的发展过程。如今，这个节日不仅盛传于华夏热土，在海外华人聚居之地，也久传不衰。

中华民族历史悠久，节俗文化十分丰富。关于元宵节的起源，说法很多，实难考证，民间有不少传说。相传，很久很久以前，人世间，凶禽猛兽成群结队伤害人畜，毁坏庄稼，人们十分痛恨，就团结一起，猎杀这些禽兽。有一天，为天宫守门的神鹅闲来无事，飞到人间游玩，被不知情的猎人射杀了。玉帝知道后怒气冲冲，立即传旨，要在正月十五前后派天兵向人间放火，将下界化为灰烬。这个消息被玉帝善良的小女儿听见了，她觉得下界的百姓安居乐业，不该无辜受害，便驾云乘雾，来到人间，把这个消息告诉人们。大家在惊恐之后，聚在一起想办法。人多智广，大家商定正月十四、十五、十六这三天的晚上，家家挂灯，户户燃放烟花爆竹。就这样，一连三个夜晚，"火树银花不夜天"，爆竹震天响，灯火破夜空，烟雾透九霄，一下子就惊动了玉帝。玉帝急急忙忙来到南天门，俯瞰下界，以为人间失了大火，心想，这下不用天兵放火，人间自将灭绝，化为灰烬，总算是为神鹅报了仇，遂心中大快。人们这样瞒过了玉帝，躲过了灭绝之灾，十分欣喜。为了纪念这个日子，家家户户便在每年正月十五晚上，悬挂灯笼，户户燃放烟花爆竹。

随着时代发展，元宵节的节日习俗也在不断丰富。就节日时间而言，汉代为一天；唐时规定观灯三天，出现了杂耍；宋代为五天，出现了猜灯谜活动；明太祖朱元璋在金陵登基后，为使南京城繁华热闹，规定从正月初八上灯，一直到正月十七日才落灯，整整十天十夜，其灯节时间最长；明成祖朱棣迁都北京后，仍沿用旧时元宵节俗，张灯一夜，华灯烟火照通宵，鼓乐杂耍闹达旦；到了清朝时，元宵节的活动更加丰富，又增加了舞龙、舞狮子、踩高跷、扭秧歌等内容。

元宵节也是文人墨客吟咏作画的题材。关于元宵节，历代留下的诗文辞赋和书画瑰宝不计其数，特别是在唐宋诗词中，描写元宵节盛况的佳作更为多见。如南宋爱国诗人辛弃疾的《青玉案·元夕》："东风夜放花千树，更吹落，星如雨。宝马雕车香满路。凤萧声动，玉壶光转，一夜鱼龙舞。娥儿雪柳黄金缕，笑语盈盈暗香去。众里寻他千百度，蓦然回首，那人却在灯火阑珊处。"词中描写的满城花灯，满街游人，通宵歌舞的元宵灯会的热闹情景，令人向往。

这种节日活动，除了娱乐，也不乏浪漫色彩，它给未婚青年男女私下相识、相爱、相约，提供了一个良机。古时候平常是不允许女孩子独自出门自由活动的，但是过节时可以结伴出门玩耍。因此，元宵节正好是青年男女借着赏花灯、观烟火等活动来物色对象的好时机，相互交谊的良辰。前面写到的辛弃疾的词《青玉案·元夕》的下阕，就描写的是一位令人追慕的美丽姑娘。她不爱繁华，不随凡俗，自甘寂寞，在那"宝马雕车香满路，凤萧声动，玉壶光转，一夜鱼龙舞"的元宵之夜，却独自站在"灯火阑珊"的冷清之处，着实耐人寻味。名儒王国维虽以此词的后四句来比喻治学问到了豁然贯通的第三境界，但在读者眼里，它还是富有浪漫的爱情色彩的。宋代大儒欧阳修在《生查子·元夕》中写道："去年元夜时，花市夜如昼。月上柳梢头，人约黄昏后。今年元夜时，月与灯依旧。不见去年人，泪湿青衫袖。"这首词将一对青年男女在元宵之夜相识、相约、相爱、相思的爱情故事，描写得凄婉缠绵而又情调清丽。

元宵节吃元宵是我国全民的习俗，也是元宵节的一个重要活动。元宵也称汤圆、圆子、浮圆子等。人们以元宵来象征团圆吉利，和睦幸福，以吃元宵来寄托对未来生活的美好愿望。那么吃元宵之俗起于何时呢？有始于春秋末期楚庄王吃浮苹果之说，有始于汉武帝时之说，有最早出现在宋代之说等，说法不一，多无史载。在宋则有诗文记载，如南宋诗人、音乐家、书法家姜夔《咏元宵》诗云："贵客钩帘看御街，市中珍品一时来。帘前花架无行路，不得金钱不肯回。"诗句中的"市中珍品"据说就是元宵。

相传元宵原来叫汤圆。汉武帝时，有个宫女名叫元宵，家居长安城外，她做得一手好汤圆，进宫后如笼中之鸟，无法见到家人。每逢年节，她便更加思念父母，觉得活着无望，便偷偷地走到御花园湖边，欲投水自尽，了结此生。恰巧东方朔那天闲来无事，信步来到御花园赏梅，见此情景，急忙阻止了元宵。东方朔十分同情元宵，决定设法让她和家人相见。于是，东方朔乔装成道士，在长安街设摊占卜，惹得求卜者络绎不绝，但众求卜者所得签语皆为"正月十六火焚身"。一时间，长安城里一片恐慌，人们争先恐后急讨避灾解难的办法。东方朔扔下一纸红帖，收摊扬长而去。人们急急忙忙将红帖送往宫门，汉武帝听到禀报，接帖目观帖语："长安在劫，火焚帝阙，十五天火，焰火宵夜。"阅毕，武帝心中大惊，急召东方朔等大臣商讨对策。东方朔沉思许久，建议圣上用汤圆供火神君，全城挂花灯、放烟火，并建议下旨让百姓十五夜进城观灯，煮汤圆祭拜火神君，吃汤圆以消灾解难。武帝听罢，立即传旨按东方朔之言去办。到了十五的夜晚，长安城里灯火辉煌，游人满街，热闹非常。此夜，宫女元宵的父母和乡亲们都进城观灯，元宵和其他宫女一起，上街给百姓分发汤圆。元宵的父母老远看见女儿的身影，便惊喜地喊道："元宵，元宵……"元宵终于和父母相见。

元宵之夜，热闹达旦，长安城里，平安无事，一切祥和。武帝大喜，便钦定每年正月十五，举国张灯结彩，燃放烟花爆竹，煮汤圆以祭火神。因宫女元宵的汤圆做得最好，遂将汤圆改叫元宵，正月十五日定名元宵节。

说起元宵，近代有个传说故事。说是辛亥革命后，袁世凯篡夺了中华民国大总统之职，又做起了复辟封建帝制、当皇帝的美梦。袁世凯自知该做法逆潮流，悖民心，终日诚惶诚恐，心事重重。一日，袁世凯听到街上小贩拉长嗓门叫喊"元——宵，卖——元——宵"，疑虑"元宵"二字与"袁

消"谐音，即下令从一九一三年起，禁称"元宵"，改称
"汤圆"。

人民创造了历史，也造就了诸多民俗。千百年来，人们依
旧在传统喜庆的元宵节时，团团圆圆甜甜蜜蜜吃元宵。

十五圆月照古今，元宵佳节代代传。

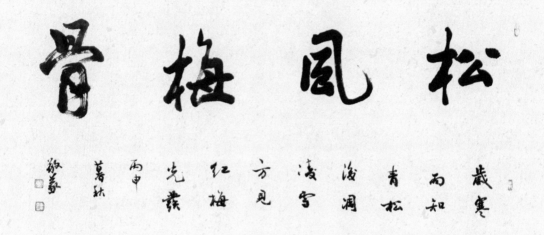

骨 梅 風 松

歲寒
而知
青松
凌凋
凌雪
方見
紅梅
先發
丙申
暮秋
敬蒙

行书 《松风梅骨》

二月二，龙抬头

"二月二，龙抬头。"

龙是中国神话传说中的一种瑞兽，是华夏民族的图腾，象征着智慧、力量、如意和祥瑞。二月二节俗的形成，有科学的内涵，也有神话传说的影响。

从科学层面上讲，我国大部分地区受季风气候的影响，在农历二月初，气温开始回升，人们已开始从事农事活动，故有"二月二，龙抬头，大家小户使耕牛"的民谚。也有一些地区这时会出现严重旱情，导致春雨贵如油，企雨盼丰收，因此又有农谚"二月二，龙抬头，大仓满，小仓流"。

关于"二月二，龙抬头"，有一个神话传说。传说古时黄河边上有一座龙斧山，山中有座龙王庙，山下有一口黑龙潭，常年涌流。黑龙潭附近住着一对年轻夫妻，强娃和莹花，他们以耕织、采药为生。有一年，这一带遭逢大旱，黄河断流，黑龙潭干涸，草木枯死，庄稼无收，乡人背井离乡去逃生。而强娃和莹花却没有离家，他们相约一起去黑龙潭掘地找水，从腊八那天开始，一直挖到二月初一，潭底竟然出现了石层，再也挖不动了。此时，眼前一闪，只见一位笑容满面的白发仙翁站在了他俩面前，说："好夫妻，感动天，希望就在龙斧山，龙斧山有劈山斧，一劈潭水永不枯。"言罢，隐身而去。

强娃夫妇按照仙翁指点，随即登上龙斧山，进了龙王庙。他们先磕头上香敬拜龙王爷，接着看到殿前铁架上果然架着一把大斧，强娃将大斧扛上肩，匆匆赶回。

二月初二天亮时，强娃来到黑龙潭，举起大斧，狠狠地朝黑龙潭底砸下，霎时一股清水喷涌而出，紧接着一团薄雾如轻纱般笼罩了黑龙潭，只见一条青龙从潭中腾空而起，化作一团祥云，直冲九霄。瞬间乌云滚滚，雷电交加，大雨倾盆而下。雨后，人们一看，满地是粮食，五谷俱全，你揽我装，家家仓满，户户囤溢。可这天早晨，所有水源都无水，刚出水的黑龙潭也突然不冒水了。人们只好烧干锅、吃炒食。过了这一天，黑龙潭的水又汩汩涌出来了，黄河的水也奔流了。此后，这里风调雨顺，一派祥和。

为了纪念这个日子，每年此日，我国广大农村的人们在日出之前不打水，烧干锅，炒豆豆，吃炒食。传说不取水是怕伤龙头，吃炒食是纪念抗旱斗争胜利。但我国地域广阔，民族众多，各地各族的节俗也不完全相同，如二月二敬土地神盛行于台湾和鄂西一带土家族。此外，有些地区人们在起床前先念："二月二，照房梁，蝎子蜈蚣无处藏。"还有些地方，二月二妇女不动针线、不洗衣，说是怕刺伤龙眼，搓伤龙皮……

节俗虽多，但都是为表达祈求风调雨顺，祖国繁荣昌盛，国泰民安，东方巨龙惊世腾飞的美好心愿。

原载于 2017 年 2 月 22 日《咸阳日报》

说古道今话清明

清明节在我国是一个特殊的节日，它包含节气与节日两个方面，在我国的民俗节日里，仅此一例。

就节日而言，清明节的节俗十分丰富，既有追远祭祖，扫墓纪念亡亲，缅怀革命先烈等令人伤感的一面，又有欣赏春天美景，感受春日的生机与活力的欢快的一面。因其时春光明媚，"春城无处不飞花"，"春风杨柳万千条"，人们可以去野外踏青，插花戴柳，参与荡秋千、放风筝、拔河等户外传统娱乐活动。

清明节气是古人根据季节更替和气候变化的规律来制定的，几千年来，对中国农业的发展起了重要的作用。古籍《岁时百问》中云："万物生长时，皆清洁而明净，故谓之清明。"清明一到，雨水增加，气温升高，这是春耕春种的大好时节，农谚就有"清明前后，点瓜种豆"之说。

清明节日包含着一定的风俗活动和有关的祭祀纪念意义。我国传统的清明节日，大约始于春秋战国时期，至今已有两千多年的历史。《左传》中"晋重耳出奔"的故事和《东周列国志》中介子推"守志焚绵山"中，都叙述了"寒食"与清明有关的故事。

相传在春秋战国时期，晋献公的宠妃骊妃为使自己的儿子奚齐继位，在献公面前恶语中伤太子申生，申生被逼自杀。为避祸端，申生之弟重耳暗中出逃。流亡期间，重耳身边只剩下几位忠心追随者，其中有一个叫介子推的，为他出了好多良策，特别是当重耳流亡到魏国被困断炊时，介子推剜下自己身上的肉，暗暗地煮熟了给重耳吃，才使他度过了艰难岁月。后来，重耳打败其弟晋怀公，继承了王位，为晋文公。晋文公对和自己共患难的臣子都论功封赏，却忘掉了介子推。一位名叫解张的为介子推叫屈。晋公文公闻知后，自觉有愧，立即差人请介子推上朝，介子推却托故不出。晋文公亲自登门有请时，发现介子推家中空无一人，打听得知介子推已背着老母亲隐居绵山，于是令人上山搜寻，亦未找到。后来听了别人的建议，举火烧山，只留一条小路，想逼介子推背母出山，大火三日而熄，最后发现介子推母子抱着一棵大树，被活活地烧死了。晋文公对介子推哭拜一阵，在安葬遗体时，发现介子推脊背堵着一个柳树洞，他从洞里掏出一片衣襟，只见上面题着一首血诗："割肉奉君尽丹心，但愿主公常清明。柳下作鬼终不见,强似伴君作谏臣。倘若主公心有我,忆我之时常自省。臣在九泉心无愧,勤政清明复清明。"文公收好血书,命人将介子推母子葬在大柳树下,建立祠堂,将绵山改为介山,并将这一天定为寒食节。往后每年此日,禁止烟火,吃冷食,祭奠介子推。绵山在山西界休县境内,后人将界休县改名为介休县(今介休市),取让介子推长眠休息之意。文公以血诗鞭策自己,励精图治,晋国百姓也得以安居乐业。第二年寒食节,文公祭奠介子推时,发现烧焦的那棵柳树,居然复活了,柳枝千条,随风飘舞,使人感到气象更新,万物复苏,一切清明,遂给复活的这棵柳树起名"清明柳",并将寒食节的后一天改为清明节。

如今,在民间,清明节时除了扫墓祭亡亲,追念先祖外,更多的是单位、团体组织到革命烈士陵园扫墓,缅怀革命先烈。

清明节是我国重要的祭祖节日。史载,秦汉以降,明清诸帝,每逢清明节,必有祭文并遣特使祭奠华夏人文初祖轩辕黄帝。而今,黄陵祭祖已成为全球华人寻根祭祖的隆重仪式,盛况空前。

插柳戴柳戴花,也是清明节的传统习俗。人们在祭扫或者踏青之后,在春游回家路上,采几束野花戴在头上,折几条柳枝插在房前屋后,这一习俗,古籍中多有记载,据说是为了纪念教会人民稼穑的神农氏。

原载于 2016 年 3 月 30 日《咸阳日报》

清明植树正当时

又是一年春光好，植树造林正逢时。

清明前后，春阳和煦，春雨润物，草木回春。尤其是树木经冬积蓄了丰富的养料，生机勃勃。此时，草木新芽渐露，其根部对于吸收水分、养料也不急切，即使根部受一点伤，也能很快愈合。因此，清明前后，是植树的大好时节。

清明植树的风俗，约在春秋战国时期就有了，至今已有二千六百多年的历史。古今关于植树的故事不少。北宋书法家蔡襄曾长期在福州、泉州一带为官，每年清明时节，他都带领老百姓植树造林，十年树木，惠及民生。当地有民谣赞曰："夹道松，夹道松，问谁栽之，我蔡公。"后来，蔡襄回到老家枫亭，每逢清明时节，依然带领乡亲植树造林，造福乡梓。他还在枫亭的塔斗山上建了一座天中万寿塔，和乡亲一起在塔旁坡上栽种松柏时，他曾赋诗一首："谁种青松在塔西，塔高松低不相齐。时人莫道青松小，他日松高塔又低。"

植树造林的习俗，代代相传，到民国时，孙中山先生将清明节定为植树节，全面植树造林从此开始。1979年，全国人大常委会决定，将每年的3月12日，即孙中山先生逝世纪念日，定为我国的植树节，这既是为纪念孙中山先生首立植树节，又因该日在清明节前二十多天，可将清明植树之风习，持续近一月之久。

绿树成荫，鸟语花香，人皆向往。山清水秀谁不热爱！唐代诗人孟浩然的"绿树村边合，青山郭外斜"诗句，简直是一幅描绘美丽家园的风景画。有青山绿水，万物才有精气神，才能生机勃发。古人认为有青山绿水方为圣地，青山绿水能滋养高人雅士，不无道理。

大自然赐予人类的青山绿水，养育了我们。如今，人类在创造新的文明的时候，却伤害、摧残着大自然。比如，植被减少、环境污染、空气污染、江河污染等，致使雾霾加重，水土流失，生态失衡等灾害不断袭来。这些已经引起了我国和全世界的重视，以加大环保力度来应对。在我国，植树造林是一项持久不懈、不可忽视的大计。

原载于 2017 年 3 月 23 日《咸阳日报》

抚今追古话端阳

农历五月初五端午节，也称端阳节，是我国最大的传统节日之一，距今已有两千多年的历史了。

关于端午节的来历，民间传说有很多。有的说是纪念战国时吴国大将伍子胥，因其遭谗言诽谤，被吴王夫差所杀，用皮革袋子盛尸扔在钱塘江中，从此钱塘江常起怒潮，每年五月初五怒潮最为汹涌，直冲越国境内，人们传说是吴将军显灵。

最具影响的是纪念屈原说。

屈原是战国时楚国人，官至左徒（参与国家内政和外交重任的大官），深受楚怀王的器重。当时，韩、楚、燕、赵、魏、齐、秦等七国争雄，屈原主张推行改革，举贤任能，立法富国。在外交上，他主张联齐抗秦。他的主张触及了以上官靳尚大夫为首的守旧派的利益，守旧派不断在楚怀王面前诋毁屈原，昏庸的楚怀王渐渐疏远了屈原，并将其流放到沅江、湘江一带。在流放中，屈原怀着满腔的悲愤写下了《离骚》《天问》《九歌》《九章》等不朽的诗篇。这时，秦兴师攻楚，连破楚国八座城池，秦又派使臣邀楚怀王赴秦议和。屈原识破了秦的阴谋，极力劝阻楚怀王赴秦，楚怀王非但不听劝阻，反而又将屈原逐出郢都，流放他乡。楚怀王赴秦后，即被扣押，三年后死于秦国。

楚怀王被秦扣押后，楚襄王即位，屈原再遭谗毁。不久，秦兴师攻打郢都，打败了楚国。屈原闻讯后，怀着满腔的悲愤，仰天长叹，跃身投入激流滚滚的汨罗江中，此日正是五月初五。江上渔夫和两岸百姓闻知屈原投江自尽的噩耗后，纷纷划着龙舟赶来打捞尸体，一直追到洞庭湖也未找到。为了保护屈原尸体不被鱼鳖海兽伤害，人们纷纷将饭团、鸡蛋等食物投入江中，喂食水族。还有郎中将雄黄酒倒入江中，意在用药晕水兽，保护屈原尸体。此后，每年五月初五，人们都要来到屈原投江之处，隆重祭祀。年复一年，便形成了一个重大的节日。

几千年来，端午节俗的内容已经非常丰富。主要有吃粽子、糖糕、绿豆糕、咸鸭蛋、时令鲜果等，还有赛龙舟，插艾叶、菖蒲，饮雄黄酒，悬挂钟馗像等。吃粽子的节俗千百年来在我国盛传不衰，还流传到朝鲜、日本等国，而赛龙舟活动在1980年，就被列入了中国国家体育比赛项目。

原载于 2016 年 6 月 15 日《咸阳日报》

扇面 《金秋之趣》

明月一轮照古今

金风荐爽，丹桂飘香，岁岁中秋，今又中秋，烂漫秋色满神州。

何谓中秋？按古历法，一年分四季，每季三个月，分别以孟、仲、季表示。八月是秋季的第二个月，故称"仲秋"，而八月十五日又处在"仲秋"中间，因此谓之"中秋"。后因人们祭月、赏月之故形成了中秋节。中秋节的别称相当多，因节在八月十五日，故称"八月半""八月十五"。又由于人们主要围绕月亮搞节庆活动，又称"月节""月夕"。因中秋时节，月明而圆满，象征着团圆，故称"团圆节"等，皆名出有因。

中秋节历史悠久，与其他时年八节一样，是逐渐形成和丰富的，有不少的文字记载，也有很多美丽的神话传说。根据史料，此节大概始于古代帝王祭月之礼。古代帝王有春天祭日、秋天祭月之礼制。《礼记·祭义》云："祭日于坛，谓春分也；祭月于坎，谓秋分也。"可见，先秦时期祭月是在秋分时。古代天子以天为父，以地为母，以日为兄，以月为姊。天子祭天地以示孝，祭日月以示悌，其目的在于示范教化百姓，敬孝长辈。此后民间兴起了祭月风俗，遂形成节日。

"月到中秋分外明"，其时秋高气爽，天清云淡，月圆皎洁，是自然之造化。

"天之于物，春生秋实"。从时序上来说，秋天是谷物成熟、瓜果飘香的季节。秋分时节，人们"把酒话桑麻"，喜气洋洋祭明月、庆丰收。后来将秋分祭月改为中秋祭月了。

而今，随着国家富强，科学技术飞速发展，航天工程突飞猛进，嫦娥奔月的神话已变成现实。记得周恩来总理曾经饶有风趣地说过，登月球最早的是我们中国人！我们的嫦娥至今还在"广寒宫"里住着。

当然，嫦娥奔月只是一个与中秋相关的美丽的神话传说。相传，在远古的时候，天上升起了十个太阳，照得大地干涸，江河枯竭，庄稼枯焦，生灵奄奄一息。有位力大无比、精于射箭、同情生民的天神，名叫后羿，他携带天帝赐给的彤弓素矰（即神弓神箭）下凡，登上昆仑山顶，射落九个太阳，只留下一个太阳，并严令它日日按时升落，为民造福。接着后羿又射杀了残害百姓的"六凶"（六只猛禽怪兽），成了百姓心中的伟大英雄。后羿所射的九个太阳都是天帝的儿子，因此得罪了天帝，天帝将后羿与妻子嫦娥一起开除神籍，贬到人间。其实，嫦娥本名姮娥，到了汉代，因汉文帝名曰刘恒，"姮"与"恒"同音，因避讳，人们将姮娥改称嫦娥至今。

夫妻双双下凡，后羿狩猎，嫦娥持家，俩人恩爱和睦，过着美满幸福的生活。不久，后羿到昆仑山访仙求道，寻找长生不老药，巧遇瑶池西王母。西王母对为民除害的这位英雄十分同情，便将最后一粒仙丹——不死灵药送给后羿，并叮咛："只有这一粒药了，你们夫妻一起分吃，足可长生不死，如果一人独吃还可升天为神，你一定要保管好，不然等下次药炼成，需五百年呢！"后羿谢辞西王母回到家中。此时天已晚，人也乏，他心想次日与妻同吃，便将药交给嫦娥保管，就呼呼大睡。这时嫦娥闻到仙丹异香，忍不住偷偷想尝，放到嘴里，不小心咽下肚子，顿觉身轻如飘，不由自主地飘出窗口，升空了。嫦娥在空中飘升着，但见万里碧空，一轮明月高悬，光华洒向大地，大地显得宁静而美丽。她又想到熟睡的丈夫，后悔莫及。这时，她不想回天宫，但又难返下界。她看到天空辽阔无垠，月亮光洁美丽，便一纵身向月宫飞去。她进了月宫，看到处处有奇花异草，却冷冷清清，没个人影，虽是琼楼玉宇，画栋雕梁，十分壮观，却空空荡荡，毫无生趣。这里只有一只捣药的玉兔和伐桂不止的吴刚。她只好抱着玉兔，含泪凝视着被茫茫云海隔绝的下界，无限孤独。正是"嫦娥应悔偷灵药，碧海青天夜夜心""白兔捣药秋复春，嫦娥孤栖与谁邻？"

后羿半夜口渴微醒，起身找水，发现嫦娥不见了，又看到桌面放着包仙丹的帛片，窗扇敞开着，他全明白了，急忙从窗口遥望夜空，凭着神奇的目光，看到嫦娥在月宫里的身影，知道一切都晚了。他后悔莫及，只好在嫦娥喜欢的后花园里设下香案，摆上嫦娥平时爱吃的蜜食鲜果，痴痴地站在案头对月遥望。夜里如此折腾，惊动了左邻右舍，邻里百姓纷纷赶来，与后羿一起祭拜明月，祈求美丽善良的嫦娥平安吉祥。此日此夜，正好是八月十五。从此，在八月十五中秋节这一天，晚上便有了祭拜明月的风俗。

毕竟是神话传说，故事之真假无关紧要，但中秋节确实是中华民族千百年盛传不衰的隆重大节之一。

"春花、夏云、秋月、冬雪"是四季之特色，而秋月则是秋季之亮点。我国人民喜爱明月，尤其是中秋月，因为它赋予中国人民以情感，寄托着人们美好的希望和美丽的想象，也是光明的象征。古往今来，无数文人墨客、丹青大手，给我们留下了以月为题材的诗文绝唱和书画珍品，好些地区也留下了"望月楼""拜月坛""拜月亭"等名胜古迹。

自明代以后，中秋节逐渐过成了"团圆节"，如今一些旧俗虽已不再盛行，但在人们心目中，最重要的还是"团圆"。每逢中秋节，远在他乡的游子，大都力争于节前赶回家乡，与家人团聚，共度佳节，共话幸福生活。即使不能回家过节，也一定要快递月饼礼品，发短信，通电话。

由于我国幅员辽阔，物产丰富，民族众多，中秋节俗自然十分丰富。仅在月饼制作上就各成帮式，各有特色，品种繁多，代表品种有广、潮、京、宁、滇、秦、台等，按口味有甜、咸之分，荤、素之别，尽管风味、特色各具千秋，但都是以团圆的月饼为主。

人们还用其他方式，如中秋月夜放水灯、燃灯塔、观涛、供兔儿爷等，来表达对大自然的热爱之情，祈求国之富强，家之团圆，人之福寿康宁。

"露从今夜白，月是故乡明"，"但愿人长久，千里共婵娟"。古人之言，经典！

诗仙李白有诗云："今人不见古时月，今月曾经照古人。古人今人若流水，共看明月皆如此。"

吾儒云：古往今来多少事，明月一轮照古今。

原载于 2016 第 4 期《秦都》杂志

明月一轮照古今

桂香菊芳话重阳

三秋之季，天高云淡，金风送爽，气候宜人；英花烂漫，桂香菊芳，景色迷人；谷禾满场，瓜果成熟，收获喜人；重阳节日，风情怡人。

重阳节时，在每年的阴历九月初九。其名由来，大概与《易经》有关。《易经》中"九"是阳数，九月九日，日月并应，两九相重，故谓"重九""重阳"。在古人观念里，十个数中九是最大数，加之"九九"与"久久"同音，有生命长久、健康长寿之寓意，因此，人们认为此日是值得庆贺的吉利日子。

重阳节史悠久，传说不少。战国时《楚辞》中就提到"重阳"，如屈原的《远游》中就有"集重阳入帝宫兮"。三国时魏文帝曹丕在《九日与钟繇书》中描写了重阳节的饮宴：

"岁往月来，忽复九月九日，九为阳数，而日月并应，俗嘉其名，以为宜于长久，故以享宴高会。"

有传说重阳节始于汉宫廷。汉初每逢九月九日，皇宫中必在御花园高台之上设盛宴，以求长寿。汉高祖刘邦宠爱的戚夫人被吕后加害致死后，戚夫人的侍女贾某被逐出了宫廷，贾某将宫中此俗传入民间。之后，重阳节便成了上至宫廷，下至民间的共庆之节，但这并无史载。

与重阳节相关、流传久远的是桓景剑斩瘟魔为民除害的神话传说。据说古时候，在汝南一带（今河南省境内）的深山野林里有个瘟魔，每年深秋便出山残害百姓，几乎家家有人被害致死，六畜不安。当地有一个名叫桓景的青年，其父母被瘟魔夺去了性命，桓景也得了瘟病，差点丧命。他病愈之后，立志为民除害。之后，桓景背井离乡，四处求仙访道，终于在东方一座古老的山上，遇见一位名曰费长房的仙长。此人道法高妙，剑术非凡，能呼风唤雨，遣神捉鬼，降妖除魔，更有了不起的"缩地之法"，像孙悟空一样，眨眼可到千里之外。这位仙长被桓景为民除害的善心所感动，将其收为弟子，并赠予他一把宝剑，悉心传授道法剑术。桓景刻苦修炼多年，终成大器。还未出师，有一天，仙长突然对桓景说："明天是九月九日，瘟魔又要出山，到你的家乡作恶，你赶快准备，速去灭魔。"说完，递给桓景一包茱萸叶，一坛菊花酒，密授了降魔之法，让桓景乘仙鹤返回。傍晚时分，桓景回到家乡。遵照仙长之嘱，于次日拂晓，将乡亲们全部带到村后山顶，给每人发一片茱萸叶，倒一盅菊花酒。待到中午时分，瘟魔果然出现在山下，张牙舞爪，狂奔乱叫。桓景让乡亲们不要惊慌，快快举起茱萸叶和酒盅。说来也奇怪，忽然刮来一阵大风，将茱萸的异香和菊花的酒气吹向瘟魔，霎时熏得瘟魔晕头转向，东摇西晃。此时，桓景手持宝剑，跃下山去，与恶魔战斗。恶魔拼命反扑，哪里抵得住桓景的法术和利剑，只几个回合，便被桓景刺死。乡亲们又惊又喜，纷纷下山，欢呼着向英雄桓景奔去，只见桓景驾上仙鹤，向乡亲们热情地挥着手，消失在白云之间。

为了纪念桓景，人们每年九月初九，便登上山顶，插戴茱萸，饮菊花酒，享用节食，年复一年，形成了节日。

这些节俗，虽是神话传说，但也不乏科学道理。比如戴茱萸和饮菊花酒。从中医药角度讲，茱萸有吴茱萸和山茱萸之分，重阳所用茱萸是山茱萸，春发紫花，秋结紫实，形如椒实，可入药。明李时珍在《本草纲目》中说，其味辛辣芳香，性温热，可治寒驱毒，补肾固精止汗。茱萸也是中成名药十全大补丸、六味地黄丸中的主要成分。至于菊花，是我国名花，向来被视为花中神品，观赏、药用价值都很高，亦可食用、酿酒、制茶。常饮菊茶可明目解烦，常饮菊花酒可延年益寿。除具有这些物质条件下的功用外，菊花还有很多的文化内涵和象征意义。

到了唐代，重阳节被正式定为民间节日。节俗内容也不断丰富，除登高、插戴茱萸、赏菊、饮菊花酒等外，还兴起了吃"重阳糕"，古名云"糕含登高意，菊呈晚节情"。"糕"与"高"谐音。如今，我国好些地方在重阳节时，以糖、油、小麦面粉（或大米粉），加上大红枣制成节糕，节日享用，同时也要给出嫁的女儿馈送，喻义"步步登高"。

"春秋多佳日，登高赋新诗。"历代文人墨客，每逢重阳，大都远足郊野，观景览胜，登高宴会，赋诗作文，抒情感怀，给后世留下了难以胜数的经典之作和翰墨丹青绝世珍品。欧阳修的《秋声赋》虽令人叹为观止，但其笔下之秋，未免太肃杀、萧瑟、凄凉了。为人传诵的杜甫《九日蓝田崔氏庄》，也是"老去悲秋强自宽"，有着悲凉的情调。唯刘禹锡的《秋词》"自古逢秋悲寂寥，我言秋日胜春朝。晴空一鹤排云上，便引诗情到碧霄"，令人喜诵，富有希望和乐观的情趣。

屈指历数，最阳光的咏秋佳作，非毛泽东主席的《采桑子·重阳》莫属。词曰："人生易老天难老，岁岁重阳，今又重阳，战地黄花分外香。一年一度秋风劲，不似春光，胜似春光，寥廓江天万里霜。"此作虽写于艰苦的战乱年代，但毛主席以伟大之胸怀，大笔一挥，尽扫历代文人悲秋之风，充分表达了坚定的革命信念，洋溢着革命的乐观主义精神，读来令人耳目一新，使人为之振奋，实属历代咏秋诗篇之拔萃者也。

然而，更令人欣喜的是，1989年，我国将农历九月九日定为"老年节"。这是传统与时代的巧妙结合，给重阳节赋予了新的含义。之后，每年重阳，举国开展尊老、敬老、爱老、助老等活动，提倡孝道，弘德扬善，净化民心民俗，"老吾老，以及人之老"已蔚然成风。"莫道桑榆晚，为霞尚满天"，让老年人在乐享晚年中，与年轻人共筑中国梦！

愿秋色永驻！重阳不老！

原载于 2016 第 6 期《秦都》杂志

往事回眸

日本国岐阜
加藤利勝君正

中国陝西岐府
周原人崔敬燕书

大篆 《凤鸣西岐》

凤鸣西岐

有趣的回忆，往往是美好的，令人遐思，催人奋进。

记得20世纪90年代初，西北四棉进行技术改造，更新设备，引进了日本片梭织机，更换20世纪50年代初期我国制造的数百台老织机，请日本专家加藤利胜等指导安装。竣工后，西北四棉邀我去纺织城给日本专家写几幅书法作为礼品，我欣然答应。

我在西北四棉接待室见到加藤利胜，他个头不矮，颜面白皙，眉清目秀，年龄约莫不惑，一身儒雅之气。若不说话，绝对看不出他是外国人。

翻译把我和在场者作了简短介绍，握手、寒暄之后，我便动笔。

"书写内容，有要求吗？"我问。

"凤鸣西岐。"翻译回答。

"噢！"我有些不解。

"还请老师篆书'竹影扫阶尘不动，月轮穿沼水无痕'，再随意写几首唐诗。"翻译接着说。

"这句是明人洪应明《菜根谭》一书中的经典句。"我说。"可日本人为何要'凤鸣西岐'？"我又小声问。

"他是岐人，家居日本岐阜，据说是先祖仰慕中国西周和周公而取的地名。"翻译说。

"噢！是这么回事。"我随即动笔，以草、行、篆一气挥就六幅作品，给"凤鸣西岐"作品上款题"日本国加藤利胜君雅正"，下款题"中国陕西岐府周原人崔敬义书"。

书写结束，大家一起饮茶、闲聊。加藤利胜很健谈，虽是科技人员，但很有文史修养，且对中国文化很感兴趣。我问他，为何求"凤鸣岐山"四字。他说："大约在十四世纪至十七世纪，日本京都有个'五山寺院'，寺院禅僧们喜欢中国文化，喜诵中国诗文，并编辑出版了不少中国典籍，传播中国文化。他们也喜欢在日本地名上冠上中国雅称。在日本本州东部有一条大河，河名叫木曾川，雅称为岐。当时此地领主土岐氏居于木曾川北岸，在中国水北为阳，南为阴，故将其居住地一带冠名'岐阳'。后来，大约在十六世纪初期，有一位叫织田信长的名将消灭了斋藤氏，将其居住地迁到稻叶山境内的井口，建立根据地，欲进取中央，称霸天下。迁城后，织田信长召见寺院高僧泽彦宗恩为所迁新地取名。泽彦宗恩深思熟虑之后，向织田信长讲述了中国西周建都岐山，休养生息，积蓄国力，至文王之治，国力大盛，武王继位，周公辅佐，兴师灭殷，统一天下的历史，建议织田信长为新地取名'岐'。这很合织田信长的心意，大喜。遂将该地定名'岐阜'，后为'岐阜县'，今为'岐阜市'。"

后来，读了岐山县送我的《岐山文史资料》第九期上牛润生、党舟利合撰的《日本岐阜之名源于岐山》一文后，我才确信加藤利胜之说。日本人景仰周公，日本学者林泰辅在所著《周公》一书中称赞周公为"千古伟人"。

记得臧克家有句名诗："有的人死了，他还活着。"我想，周公如是。周公生卒年月难考，有的说享年六十岁，有的说享年八十岁，有的说享年八十七岁，有的说百岁无疾而终，还有享年二百岁之说。我觉得毕竟是三千多年前的圣人，精神不泯，现在依然亮堂堂地活在中华民族的心中，他的思想灵魂无处不在，无远弗届，且影响着外国人。

周公不是一个简单的历史人物，而是我们民族公认的"元圣"，是我国历史上第一位伟大的政治家、思想家、战略家，也是孔子等诸子百家的先师。环顾大千世界，无论东方和西方，各国各族都有不同的信仰、道德伦理和文化基因。如果没有或者缺乏这些东西的支撑，那么，这个国家、这个民族，就没有凝聚力，就是一盘散沙，很难成为一个真正的强国，在世界上活得就不够体面。而我们中华民族不同，我们有中华文明的奠基者周公，所以我们中华民族从来都是威武刚强，正大阳光的。即使在遭列强蹂躏，倭寇入侵的艰难岁月里，也从未低头屈膝，而是不屈不挠，顽强地战胜了一个个强敌，屹立在世界民族之林。在这片广袤的大地上，古往今来，我们民族内部虽有过政见的分歧，但文化上始终不分裂，祖根相系。

曾为日本友人写过几幅书法礼品，便生发出如许感慨，不揣浅陋，缀成小文，实在有点婆婆妈妈，赶紧打住。

历史长河，"昼夜不舍"，永无止境。

周公万古！

原载于《周公庙散文集》，有删改

追惟往事忆吾兄

呜呼！

日月流转，光阴荏苒。俯仰之间，吾兄志昌逝世已近乎期年！

志昌兄实为吾之姐丈，亦为吾之良师。他在有生之年，对于我上学、参加工作以及组建家庭都给予了无微不至的关怀。吾辄以兄称之，十分亲切。

去年冬天，将近年关，在一个大雪纷飞的夜晚，突然接到家里告知志昌兄于当月十四日去世的电话，噩耗传来，我不禁潸然泪下，一时浸沉在万分悲痛之中。志昌兄享年八十有三，至今吾每每思念，梦里相见。

而今，外甥们商定要在其父逝世一周年时刊本集子，要我写点文字，我想这是义不容辞的。

志昌兄早年加入中国共产党，1949年前从教，1949年后从政。从教为人师表，为官清正廉洁，与人为善，德高望重，一生艰难坎坷而又光明磊落，值得大书特书的东西太多了，而我仅写点鲜为人知之小事，聊以纪念。

记得，1949年前，志昌兄在鲁家庄完全小学任教，我为其学生。1949年春，小麦开始吐穗时节，一天傍晚，天气有点闷热，老师们已吃过晚饭，我正在教室吃馍（我当时住校，住校学生都是每天中午回家吃一顿饭，再带上些馍，在学校吃冷馍喝凉水），志昌兄叫我回家，把我送到黄家兄沟边，交给我一封信说："你赶快回去，叫家里人赶紧送给故郡寺刘大头（刘岐周，外号刘大头，是游击队长）。"

其时，夜幕降临，天已麻麻黑。虽说不到十里路程，但要翻几条沟。路两旁间或有年久弃用半坍塌的破窑洞，或有狼窝。还要经过太白寺庙、山神庙、堡子沟尾头。那些地方都是狼虫出没伤人的地方。平时，我们上学从那经过都三五结伴手持鞭杆棍棒，以防狼虫袭击。那一年，我才十一岁。当时心里害怕，但不能推辞。二话没说，就掂着鞭杆，背着布袋书包，匆匆回家。一路小跑，提心吊胆，头发丝好像都竖起来了。回到家里，已是掌灯时分。我让家人连夜翻过两条大沟，赶了十几里路，把信送到刘大头手里。

第二天早晨，我到学校时看到鲁家庄街上驻满了国民党的队伍，路旁桥头架着好多挺机关枪和迫击炮，树干上、桩上拴着很多未下鞍的大马，阵势非常恐怖。

不久，志昌兄突然失踪了……

现在，每每想起这件事，我还毛骨悚然。

中华人民共和国成立前夕，志昌兄回来了，先后任公安局侦查员、区委书记等职。我在学校加入了共青团后，才知道志昌兄是中共地下党员。当时学校情况很复杂，有地下共产党员，有国民党特务，斗争十分激烈。

……

追忆此事，仿佛如昨，余则茫然矣！

天乎！人乎！

哀哉！痛哉！

丁亥九月十一

原载 2007 第 6 期《秦都》

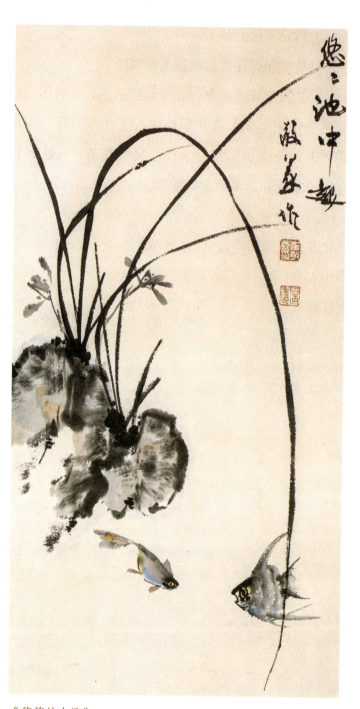

《悠悠池中趣》

敬贤兄逝世一周年祭

2006年9月25日，岁次丙戌，时维仲秋，朔越三日。值吾兄逝世一周年之际，予率家人暨亲朋挚友，谨以清酌庶馐之奠，昭告于吾兄敬贤之墓前。

呜呼！

往事如昨，历历在目。

兄生于书香门第，时家有四十余口。兄为长曾孙，宠溺有加。然家道不昌，衰落而分五。致兄早年辍学，肩起分家后之耕作重担。寒暑易节，春种秋收。农忙而下田务农，农闲则上山割柴。忙前东面赶场，忙后进山打工。

祖母仙逝后，先父曾撰书蓝色春联曰——"母去世，我落难，家运不昌；妻年少，子幼稚，受尽艰苦"，可见家境维艰。联书俱佳，时逝六十余载，而弟至今铭心。

弟记得，分家后，兄曾无所顾忌，挑担转乡，叫卖瓜果。

弟记得，小时，打啼起，跟兄手持蜡烛夜读之情景。弟初学书法时，很羡慕兄之楷书，沉稳、遒劲而有骨力。

弟记得，兄年轻时口吃，弟常学舌，有伤体面，招来兄之拳脚教训。然过后依然手足，亲爱如故。

弟记得，小时随兄到城南沟边割早熟小麦时，背靠破窑洞，敲着扁担，驱吓灰狼之情景。而或跟随兄到窑坪山里收种时，背着干粮，早出晚归。兄耕作，弟在地头沟坡割草、捉蚂蚱。兄不时喊嘱，不可远离，唯恐狼虫伤着。

弟记得，在鲁家庄上学时，弟背馍，冬季，兄上山割柴送到学校开水灶，让弟能喝上开水。在县中上学时，兄或挑或背，月月将柴米面送到学生灶。

弟尝闻堂弟老四所述，困难时期，他与兄披星戴月，饿着肚子进山割柴，饥寒难熬之情景。

父亲逝世，母亲多病，大姐早嫁，弟辍学参加工作，大妹上学，小妹早已给姨母。此时，家境之窘，母亲之负担与难处可想而知。是吾兄帮着母亲把这个家撑了起来。每想于此，不禁潸然泪下，寝食不安，深感父母及吾兄之恩，永世难报。愧疚于心，痛何如哉！

母亲逝世之后，拆旧宅，建新屋，其间兄之艰辛，不言而喻。

兄对父母尽孝，对兄弟姊妹无愧，对妻子儿孙尽责。

兄一生秉性耿直，忠厚淳朴，言寡心善，待人以诚，处事以德。兄长期担任生产队长，严于律己，乐于助人。为队办事，车祸致残，谢绝补助，自费医疗，毫无怨言。确乎，德高望重。

兄一生坎坷，逆境不馁。任劳任怨，克勤克俭。自尊自信，自强自立。酸甜苦辣，艰辛备尝。年轻时积劳背驼，年老后体弱多病。去春不幸，摔断胯骨，一卧不起。不久，撒手人寰。2005年9月7日，岁次乙酉，仲秋初四，享年七秩有四。此实为家中之大不幸矣。

古人云："事有人力之可致，犹不可期。况乎天理冥漠，安可得而推。"兄虽平凡一生，然能享誉乡里，德范可风，归而无憾，足矣！

呜呼！生老病卒，盛衰兴废之理，自古如此。然兹祭奠，纸灰飞扬，秋风野大。奠兄而不见之食；呼兄而不闻之应；念兄而不复得见之面。凄然！惨然！吾共谁与归！

举我一觞，归安祖茔。

呜呼哀哉！呜呼哀哉！尚飨。

胞弟敬义　顿首

二〇〇六年九月二十四日

（丙戌八月初四）

于右任写告示

于右任（1879—1964），三原人，祖籍泾阳。近代政治家、教育家、书法家，被誉为一代草圣。周恩来总理生前称赞："于右任是公正的人，有民族气节。"先生晚年，非常思念故乡和大陆，渴望祖国统一。

据传于右任任驻陕总司令期间，公署在皇城（即今陕西省政府大院内），一天，他发现公署大院墙角旮旯多有尿迹，臭气扑鼻，遂以宣纸写了告示——"不可随处小便"，令侍卫贴出，以示警告。结果，当天晚上被一位有心人揭走了，那时于书闻名遐迩，一般人很难求到。揭走者将告示裁成单字，重新组合为"小处不可随便"，装裱后悬于厅堂，顿时满室生辉，逢人述之，凡观者无不称妙。

"不可随处小便！"本是对那些不讲公德者的警告。但经过这番重新排列整合，却成了含义典雅的箴言。这似乎有点文字游戏的味道。实际不然，这位有心人为于之下属，不仅崇拜于书，更崇拜于之德范。

汉文化内容丰富，历代先儒先圣为我们留下了很多宝贵的、不可轻"小"的警语名句。

比如《后汉书·陈忠传》有句："轻者，重之端，小者，大之源。"就是说，重是由轻发展起来的，所以轻是重的发端；大是由小发展起来的，所以小是大的源头。教人谨慎对待小与轻，以慎行。

又如古籍中有云："小人其心，君子其饰，名是而实非，其天下之大害乎！"是说有些人品质低下，表里不一，是天下祸害。试看现实生活中也不乏此类人，衣冠楚楚，时髦阔气，却随地吐痰，乱扔烟蒂，乱丢果皮等。这些看起来是小事，却是一个人道德品质的表现。这些陋习和丑行不仅污染了环境，更损害了中华传统美德。

如今，物质文明进步了，但精神文明不可滞后，人格与价值观不可背离，利益的调整与道德规范不可失衡。

君子慎独，小处不可随便！

北国风光，千里冰封，万里雪飘。望长城内外，惟余莽莽；大河上下，顿失滔滔。山舞银蛇，原驰蜡象，欲与天公试比高。须晴日，看红装素裹，分外妖娆。

江山如此多娇，引无数英雄竞折腰。惜秦皇汉武，略输文采；唐宗宋祖，稍逊风骚。一代天骄，成吉思汗，只识弯弓射大雕。俱往矣，数风流人物，还看今朝。

毛泽东沁园春

于丁未时维春晚
宋玉于咸阳袁业华

行书　［近现代］毛泽东《沁园春·雪》

十二生肖趣话

子鼠趣话

我们中国人采用十二生肖来表示年龄，这是一种独特且异于别国的方式。十二生肖，与十二地支相结合，即子鼠、丑牛、寅虎、卯兔、辰龙、巳蛇、午马、未羊、申猴、酉鸡、戌狗、亥猪。十二生肖轮流执掌年华，十二年一轮，循环不已。这不仅极大地丰富了我国的纪年方法，而且将"干支纪法"化为了活生生的形象。那么，在广阔的自然界中，动物种类繁多，难以计数，为何会选取这十二种动物呢？

实际上，这和先民在漫长的岁月中对自然的逐步认识有关。原始社会时，生产力低下，人们认识自然界的能力极其有限，我们祖先对与自己生活息息相关的动物，如六畜等会产生一种依赖感；对危害自己安全的动物，像老虎、蛇之类，会产生一种恐惧感；对一些器官功能超过人类的动物，如司晨之鸡、嗅觉灵敏且忠实守护之犬，都产生了一种崇拜感等。这些感觉的融合，导致了人类对动物崇拜的原始信仰的产生。十二生肖就是在这种信仰影响下，综合了多种文化元素而产生的。人们将生肖与十二地支相配，形成了用来纪年、纪月的兽历。

那么，小小老鼠，缘何列入十二生肖，且居首位。

一说轩辕黄帝当年以赛跑形式选十二生肖，按名次排列顺序，本来老牛一路领先，临到终点时，机灵的老鼠取巧跳上了牛背，蹲在牛角尖上，将头伸向前方，排到牛的前面。

另有传说，十二生肖是按座次排列的。老黄牛体硕力大，拉车耕田对人类贡献也大，理当居首。正在人们热情赞美牛的忠厚善良，身强力壮，无私奉献美德之时，机灵的老鼠突然跃上牛背。此时，评判之神和人们惊呼"好大的老鼠"。其他动物无话可说，让老鼠居于首位。

还有个民间传说，原来猫和老鼠是好朋友，在生肖动物大赛之前，猫委托老鼠帮它报个名，结果老鼠只顾自己抢名次，把猫友的托付忘掉了，猫失去参赛资格，对老鼠恨之入骨，见老鼠就撕咬，朋友成了天敌。

另外，清代《广阳杂记》中还讲了一个故事，在上古时候，大地一片混沌，是老鼠在深夜子时咬破混沌，将天地分开，立下创世之功，因此，居生肖之首，老鼠当之无愧。

另外，还有个"阴阳说"的版本，也十分有趣。"阴阳说"认为，按十二地支计时，一天分十二个时辰，每一个时辰为两小时，每一天自零点开始计时，而零点是在第一个时辰子时里，即前一天23时至次日的凌晨一点。也就是说，子时连接着昨天和今天，连接这个时辰的动物的足趾或为单数，或为双数，而唯独老鼠的前爪为四趾，后爪为五趾，古人以奇数为阳，偶数为阴，老鼠阴阳齐备，前爪象征昨日之阴，后爪象征今日之阳。因而，老鼠与计时密不可分，且夜半时分正是老鼠最活跃的时候，自然就将老鼠排在十二生肖之首了。

种种传说故事令人难以置信，但故事中所描述的机灵、狡猾而又有运气的老鼠形象，却大大丰富了我们的民俗文化。

另据考古学家发现，在人类出现以前，老鼠已在地球上生存了四百七十余万年。老鼠的繁殖能力特别强，成活率高，而且寿长也非一般动物可比。

更特别的是，老鼠的门齿终生维持生长，不断地借食物来磨短，所以老鼠最厉害的一招就是噬咬东西。因此，老鼠危害森林草原，盗食农田五谷，损害建筑物，钻箱入柜，咬坏衣物藏品等，时不时传播鼠疫病源，简直是无恶不作，落了个"老鼠过街，人人喊打"的臭名声。汉语中的"鼠目寸光""贼眉鼠眼""鼠子""鼠辈""一只老鼠坏了一锅饭"等词汇，就是以鼠比喻某些人的卑微、可恶、缺德等形象，而"硕鼠"一词，则成为古往今来一切贪官污吏的代名词。

老鼠嗅觉灵敏，体小机灵，本领大，能穿墙越壁、爬房梁、走钢丝，若奔若飞，从高空掉到地面摔不死，在水里游走淹不死，在水面漂游如履平地。人们常用"精得像老鼠一样"来比喻某人精明。

而民间更多地认为老鼠通灵，能预测吉凶灾祸。唐山大地震前夕，人们惊异地发现老鼠纷纷出洞，成群地向野外奔窜，六畜也莫名其妙地焦躁不安。由于人类的科技知识水平有限，目前还难以揭示地球上某些动物器官功能特殊，能及时预警自然灾害的实质和规律。

老鼠可恶、可敬，人们对它有褒有贬。生肖之鼠，十二年一轮执掌年华，循环不已，永远不会退出纪年的舞台。

丑牛趣话

　　十二生肖中的牛，是指被人类驯养的家畜，为六畜之一，与地支中的丑相配，谓之丑牛。

　　据考古学家从出土的牛颅骨化石、古代遗留下来的壁画等资料研究判定，普通牛起源于原牛，其遗骸在西亚、北非及欧洲大陆均有发现。约在新石器时代，原牛就被人类开始驯化，距今已有七千年的历史了。原牛驯化，初始于中亚，以后逐渐扩展到亚洲全境以及欧洲。其中，中国所产之牛以黄牛、水牛、牦牛为主。

　　在以农耕为主的古代，牛力气大，勤劳温顺，是人们耕田的主要帮手，与人们生产生活息息相关，在生产生活中起着重要的作用。传说，天地混沌一片时，老鼠子时咬开天地，老牛丑时辟地耕田，而后才有了万物生灵。勤劳、朴实、温顺、憨厚的老黄牛，在人们心目中形象高大，自然就成了十二生肖的首选对象。

相传，轩辕黄帝以赛跑形式选定生肖动物，老黄牛竭尽全力地跑到最前面，善于取巧的老鼠装出一副可怜的样子，对老黄牛说想去见见世面，看看热闹，诚实厚道的老黄牛很同情这个小灵物，便一口答应，让老鼠上背，驮着它赶路，快到终点时老鼠灵机一动，跳上牛角尖，伸脖探头抢了个先，使老黄牛屈居第二。

历代以牛自况，以牛喻人的诗词名句难以胜数。宋朝抗金名将李纲的名诗《病牛》，"耕犁千亩实千箱，力尽筋疲谁复伤？但愿众生皆得饱，不辞羸病卧残阳"，以朴素深沉的语言，把病牛为了人们的温饱，任劳任怨的形象刻画得淋漓尽致。鲁迅的自嘲诗中，"横眉冷对千夫指，俯首甘为孺子牛"，表达了甘愿为人民奉献一生的决心。"不用扬鞭自奋蹄"也是人们常借以表达为人民事业勤勤恳恳，努力工作的名句。牛力大勤恳，任劳任怨，百折不挠，在传统文化中往往是强的象征，如当代股市价格持续飙升叫"牛市"，某人能力超群，叫"牛人"，某人厉害叫"牛气"。

牛对人类奉献多多，而要求甚少。鲁迅先生赞美牛"吃的是草，挤出来的是牛奶和血"，我说除了牛奶，还有牛肉、牛骨粉。

牛在古代是人们祭祀用的级别最高的祭品，用牛祭祀，称"太牢"，做祭品的牛称"牺牲"。据载在战国时期，齐宣王曾在祭祀时，看到将勤恳的耕牛无辜宰杀，心生不忍，遂赦免。于是，牛成了象征幸运吉祥的动物。

在汉语词汇中，也有对牛不尊的词语。如古代讥笑目不识丁者为"清暝牛（瞎眼牛）"，就是睁眼瞎子；谓不明话意者为"对牛弹琴"等。

世间事物，相辅相成，戏剧中的丑角，却十分机灵。丑牛不丑，却有大德大美的好名声。

扇面 《松鼠葡萄》

寅虎趣话

十二生肖中的虎，就是指老虎。许慎《说文解字》曰："虎，山之君。"虎头大面圆，额有似"王"字纹，听觉、视觉十分灵敏，体硕力大，性凶猛，善游泳，故有"百兽之王"之美誉。

据相关学者研究，虎分布在欧亚大陆，起源于五百多万年前的亚洲东北部，以我国东北部为中心向外扩展，有八个亚种，即华南虎、东北虎、孟加拉虎、印支虎、苏门答腊虎、里海虎、爪哇虎和巴厘虎。其中后三种已灭绝。目前，我国境内仅存华南虎、东北虎、孟加拉虎和印支虎四个亚种。由于人们的不断捕杀，环境持续恶化，亚洲虎的数量越来越少，竟成濒临灭绝的动物，这实在是人类的悲哀。

那么，虎是怎样被选入十二生肖的呢？民间传说，位列生肖第三位的本来是狮子。虎当初并不出名，后来它拜猫为师，从猫师傅那里学到了扑、咬、冲、跃等十八般武艺，成为山林的勇士。百兽与它较量，皆为败将。玉帝听说老虎凶猛无比，便传旨召虎上天宫做侍卫。后来，因人间百兽作乱，残害百姓，玉帝便派遣老虎下凡惩治。老虎下凡后，先后制服了狮子、熊罴、烈马三种闹得最厉害的动物，其他飞禽走兽也被吓得规规矩矩，不敢为非作歹了。于是，玉帝在老虎额头画了三横，表示记大功三次。再后来，人间闹水灾，玉帝又派老虎下凡，制服了兴事的鬼怪，平息了水患。玉帝对此十分高兴，又在老虎额头的三横中间加了一竖，命虎为百兽之王。因狮子生性凶残，在人间作乱，名声恶劣，便将其从生肖中除名，换成老虎。这样老虎便在十二生肖中列为第三，与地支中的寅相配，为寅虎。

东汉《风俗通义·祀典》中记载："虎者，阳物，百兽之长也，能执缚挫锐，噬食鬼魅。"因此，在中华民族的传统文化中，老虎具有特殊的地位。人们把老虎当作保护神，老虎成了正义、勇猛、威严和权势的象征，深受汉民族的崇拜。秦朝制有虎符，可以用来调兵遣将。古人除夕时在门上画虎辟邪，以虎为门神的历史，远比神荼、郁垒、钟馗、秦琼、尉迟恭等要久远。在民间传统工艺中，有关虎的物品数不胜数，如虎枕、虎鞋、虎帽、虎褡、虎被等。历代文人墨客以虎为题材，给后世留下了无数诗文书画，如今成了我国乃至世界文化宝库中的珍品。

世间事物总是相辅相成的。在中华传统文化中，跟虎相关的英雄故事也不少，人们耳熟能详的三个是：汉朝射虎入石的李广，宋代为救母亲杀了一窝虎的"黑旋风"李逵，景阳冈打虎扬名天下的"行者"武松。

在汉语中，以虎组成的词语可谓数不胜数，例如虎踞龙盘、虎虎生威、虎头虎脑、如虎添翼、虎视眈眈、虎背熊腰、虎啸龙吟、虎头蛇尾、虎落平阳遭犬欺等。也有许多人们喜爱的寓言故事，如狐假虎威、黔驴技穷等。可以说，崇虎的民俗理念和文化意识，也是我们中华民族共同的文化观念。

　　李白诗"白兔捣药秋复春"中的"白兔"，是神话传说中跟嫦娥仙子住在"广寒仙宫"里捣药的那只玉兔。实际上，兔是陆地上的一种食草性脊椎动物，温顺、善良，深得人们喜爱，被选入十二生肖，名列第四，与地支"卯"相属，谓之卯兔。

　　兔入生肖的民间传说也挺有趣。相传早先兔与黄牛睦邻相处，均以草为食，亲密得称兄道弟。在轩辕黄帝以赛跑形式筛选生肖动物时，兔子和黄牛相约一起参赛。可是精明的兔子未等到黄牛，它便抢先出发了，跑到中途，未见黄牛和其他动物，心想自己起得早，跑得也快，歇歇无妨，便安然地躺在草丛中呼呼入睡。结果，黄牛等不见兔子，便按时出发，它以坚忍的耐力，坚持不懈，最先到达目的地。老虎越过草地时，惊醒了兔子。兔子连忙起身追赶，还是迟了半步，落在老虎之后。

传说故事毕竟是人们杜撰出来的，但兔入生肖，就使得生肖文化更加丰富多彩，也给传统文化增添了不少元素。在传统文化中，兔子是善良、温顺、仁慈的象征，很多故事都以兔子为主角。

在神话故事《嫦娥奔月》中，兔子也是一个重要角色。古代人常常把月亮叫作"月宫"或"广寒仙宫"，传说在广寒宫里住着美丽的嫦娥仙子，还生长着一种香气浓郁的大桂树，树下有个名叫吴刚的仙人在伐木，还有一只玉兔和一只蟾蜍。玉兔捣制仙药，忙个不停。据说它捣的是蛤蟆丸，非一般神药，是西王母的长生不老之药，服此药可成仙，长生不老。

由于玉兔和月亮挂上了钩，在古典文献中，人们常以"玉兔""兔轮""兔魄""兔宫"等词作为月亮的别称，使汉语词汇更加丰富多彩，形象生动。

古代社会，人们十分重视祭祀，通常以宰杀六畜做祭祀品，后来由于马关乎着军队的战斗力，也是国力强弱的象征，就逐渐不以马作祭品，而以兔代替马。因此，古代就有了以兔称马的名词。古代文献《吕氏春秋·离俗》中说，古之骏马有二，其一为"飞兔"。另有古书记载，秦始皇有名马七匹，一曰"追风"、二曰"白兔"……，我们在古典作品中见到的"赤兔"，就是指赤色的骏马。

另外，兔毛也是制作毛笔的上好材料，用紫色兔毛制成的毛笔叫紫毫。唐白居易有紫毫笔诗一首："江南石上有老兔，吃竹饮泉生紫毫。宣城之人采为笔，千万毛中拣一毫。"宋欧阳修也有"圣俞宣城人，能使紫毫笔"的诗句。紫毫的名贵，由此可见一斑。因此，兔又登了大雅之堂，成为我国传统文房四宝之一毛笔的代称，如兔楮，指毛笔和纸，犹言笔墨。兔翰、兔管，即毛笔等。余擅书画，作书犹喜用七紫三羊。

由于兔与地支中的卯配属，在纪时中指早晨五至七时，恰是黎明时分，这又使卯兔有了光明来到的象征意义。

珠光流彩福至濃
甲申玉敬作

《珠光流彩秋意浓》

　　龙在十二生肖中位列第五，与十二地支中的辰相配，谓之辰龙。排在龙前面的鼠、牛、虎、兔，都有具相，而龙却无实体，它是中华民族文化造就的人们理想中的神灵之兽。

　　龙入生肖的民间传说，生动有趣，令人惊心动魄。

　　相传，在玉帝选拔生肖时，老虎入选，位列第三，并命名为"百兽之王"。龙得知后，怨恨满腹，觉得它能飞天潜海，呼风唤雨，变化无穷，集百兽之最于一身，压根儿就没把老虎放在眼里。如今老虎占尽风光，龙心中很不服气，决心要与老虎决斗一场，一分高下，并取代老虎之位。于是龙争虎斗，一场恶战开始了。双方张牙舞爪，各使尽浑身解数，霎时间龙腾虎跃，山呼谷鸣，雷滚海啸，搅得周天昏昏，鸟兽匿迹，人间狼藉，而龙虎越斗越凶，互不相让，难分高下。玉帝得知后，十分生气，即命大力神将龙虎召回天宫审问。因为是龙挑起事端，本应处罚，但玉帝又觉得龙生得奇异，集百兽之美于一身，十分威风，遂生喜爱之心，免其罪。因为龙给人间兴过水患，没有老虎功劳大，虽将其选入生肖，但不能替代老虎之位，只能排在第五，并令其做水族之王，住进大海执事。

那么，龙到底为何物？龙，是我国古代神话传说中的一种神奇灵兽，与凤凰、麒麟、神龟一起，并称为"四灵""四瑞"，且为"麟虫之长"。据学者考证，龙的概念起源于新石器时代，距今已有八千余年了，在甲骨文中已多见象形龙字。据专家研究，龙的传说与形象构成，与远古的图腾崇拜有关。原始先民以狩猎为生，深受凶猛野兽和自然灾害的折磨，因此，对那些强悍凶猛的飞禽走兽、山魈水怪等，便产生了一种恐惧和敬畏之心。据考，龙最早为夏氏族的图腾。在漫长的岁月中，经过历朝历代不断丰富，便创造出了人们心目中理想的龙。其形象大多是：驼头、鹿角、龟眼、牛耳、马面、蛇身、蜥腿、鹰爪、虎掌、鱼鳞、鱼尾，口角有长须，额有明珠等，集多种动物之形象于一身。人们又根据其造型特点，将龙分为四种，即有鳞者为蛟龙，有翼者为应龙，有角者为虬龙，无角者为螭龙。无论哪一种，人们皆赋予龙吉祥、尊贵的神秘色彩和超强的本领，企冀保护人类。唐代刘禹锡在《陋室铭》中写道："山不在高，有仙则名，水不在深，有龙则灵。"更有神奇的传说是，龙可隐可现，可粗可细，可长可短，能在天上飞、水中游、路上行，能呼风唤雨，翻江倒海，可谓法力无边，变化无穷，威力无比。与《西游记》中的孙大圣相比，各有千秋，简直是智慧和力量的化身。

在封建社会里，龙被作为帝王的象征。皇帝自称为"真龙天子"，其衣为龙袍，坐具为龙椅，皇帝所用之物，皆冠以龙字，以示无上尊贵，权威无比。

"龙文化"也是中华文化源远流长且最具神秘色彩的一种独特的文化，它早已渗透到了中国文化的各个方面。在汉语言中，或喻卓群俊杰之士，或喻祥瑞之意，或表尊贵之情，或示珍奇之物，或标名胜之地等，大多冠以龙字。含龙字的词汇十分丰富，如龙凤呈祥、龙盘虎踞、飞龙在天、卧龙、龙潭、龙门、龙泉、龙井等。

龙的形象也是我们炎黄子孙的一个独尊符号。我们对龙有一种特殊的血肉相连的情感，"龙的子孙""龙的传人"等称谓，常令我们激动、奋发，倍感自豪。

如今，我们中华民族豪迈地行进在筑梦路上，崛起东方，被誉为"东方巨龙腾飞"。

蛇在十二生肖中位列第六，在龙之后。

蛇属爬行动物，大部分陆生，也有水生，分有毒与无毒两类。据学者考究，无毒蛇在一亿五千年前就出现了，毒蛇出现得很晚，是由无毒蛇进化而来的。世界上蛇有三千多种，其中毒蛇约六百种。蛇聪明灵活，神出鬼没，令人防不胜防。据专家实验研究，蛇的记忆力很强，也很记仇，即使时隔多年，也能准确地认出曾伤害过它的人，并伺机报复，因而蛇便成了古人崇拜的动物之一。在原始社会部落中，以蛇作为图腾的民族很多。

在我国，蛇又是龙的原型，有"小龙"之誉，被视为灵异之物，选入十二生肖，丰富了我国的民族文化。比如神话传说中采石补天的女娲娘娘，人类始祖伏羲氏，皆为人首蛇身。在远古先民的朴素观念中，似乎与蛇沾上亲缘，就可免除蛇患了。不仅在我国，在希腊神话中也有蛇的身影，智慧女神雅典娜的宠物就是一条蛇。《圣经》中，伊甸园里的蛇敢冒天神禁律，启发人类始祖亚当和夏娃偷食禁果，使人类有了七情六欲，懂得了善与恶。

蛇入十二生肖，在我国的民间传说中也十分有趣。传说蛇和青蛙是好朋友，蛇有四条腿，而青蛙却无腿。蛇好吃懒做，是个懒虫。青蛙勤快，不仅要捉虫喂蛇，还要帮人类捕杀害虫。人类喜欢青蛙，厌恶蛇，蛇因此而忌恨，见人就咬，闹得人间很不安宁。玉帝知道后，将蛇召到天宫，劝其弃恶从善，然而蛇毫无悔改之意。玉帝大怒，令天兵将蛇腿砍去，赐给青蛙。蛇失去了四条腿，追悔莫及，痛改前非，弃恶向善，捕杀害虫老鼠，玉帝恩准将其列入生肖。从此，蛇不再主动伤人，偶萌邪念，它便蜕一层皮，以示自律。

有趣的是，蛇与生肖相配的地支"巳"字，在甲骨文和金文中的书写均为一条活生生的游动的蛇的形象。《说文解字》中说："巳为它（蛇）象形。"就是说，"巳"的本义是蛇。

蛇虽然被古人当作神物来崇拜，但如今，人们更多的是视其为冷血动物，它无声带，不发音，显得更加阴森可怕。在汉语中，蛇字常被用于贬义词，如封豕长蛇、蛇蝎心肠、蛇心佛口。蛇字用于褒义词的情况极少，唐刘禹锡《送周鲁儒赴举》诗中"自握蛇珠辞白屋，欲凭鸡卜谒金门"句，"蛇珠"一词是比喻有卓越才能之士。

在神话传说中，也有关于蛇的美丽的故事。例如《白蛇传》中白蛇和许仙的爱情故事，非常生动感人。

《本草纲目》记载，蛇黄、蛇胆、蛇蜕等可入药，一些整蛇可泡药酒，亦可配制特效药。随着医药科学的发展，蛇不仅在中医药中用之较多，毒蛇的毒液也成为西药制药中的特殊材料。

扇面　小楷　［唐］李白《春夜宴诸从弟桃李园序》

午马趣话

马在十二生肖中位列第七，与地支午相配，称午马。

马是食草性哺乳动物，据学者考证，马属动物起源约在六千万年前。生肖中的马，是指六畜中的马，由野马驯化而来。据考证，原始社会时，我国华北平原和内蒙古地区就有了野马。大约在距今六千年前的新石器时期，这种野马已被先民成功驯养，成为六畜之一。

马入十二生肖，古人也杜撰出了神奇的传说。相传，上古时，马有双翼，能在天空飞翔，陆地奔驰，水中游走，本领非凡，深受玉帝的偏爱，令其为殿前御骑，赐名天马。受玉帝恩宠，天马本应忠于职守，安分履职，但它却得意忘形，骄横无忌。一日，天马私自闯入龙宫，杀害了龙宫卫士神龟。玉帝大怒，下令砍其双翼，将其压在昆仑山下，三百年不得翻身。天马服刑二百年时，得到一位天神的指点，在人类始祖经过昆仑山时，天马嘶鸣呼救，惊动了人类始祖。始祖遂生怜悯之心，设法相救，砍去山顶镇马的桃树，立时轰隆一声巨响，山崩地裂，天马从山中一跃而出。为了报答拯救之恩，天马跟随始祖为人类效劳，也被选入十二生肖。

从此，马和人类亲密相伴，成了人类忠实的朋友。在交通极其落后的古代社会，马是交通运输的主要动力，尤其在军事征战中，人们骑马驰骋疆场，冲锋陷阵，勇往直前。马亦通人性，史书上多有记载坐骑救主的故事，民间也有很多名马的传说，如西楚霸王的乌骓，汉武帝的汗血天马，三国吕布的赤兔，等等，皆为马中之龙，扬威海内，名播寰宇。

古人崇尚骐骥骏马，视之为龙马，认为它是黄河的精灵，炎黄子孙的化身，象征着中华民族自强不息、奋发进取的精神。

历代文人墨客以马为题材创作了难以胜数的诗文佳作和书画珍品，不少成为我国乃至世界文化艺术宝库中的瑰宝。伯乐相马的故事流传久远，妇孺皆知。杜甫的《房兵曹胡马诗》中写道："胡马大宛名，锋棱瘦骨成。竹批双耳峻，风入四蹄轻。所向无空阔，真堪托死生。骁腾有如此，万里可横行。"传神写意，自寓抱负，脍炙人口。秦陵兵马俑的战马、咸阳茂陵霍去病墓石刻《卧马》《跃马》等，姿态强悍，栩栩如生。唐代以后，画马名家辈出，最有名的要数杜甫"一洗万古凡马空"诗赞的曹霸弟子韩干的《牧马图》

《照夜白》等，皆属上乘之作，流传至今；韦偃的《牧放图》长卷中，画有数百匹骏马；宋代李公麟的《五马图》也是传世珍品；元代的赵孟頫、赵仲穆父子也精于画马，赵孟頫的《浴马图》《秋郊饮马》等为世所珍。值得一提的是，清代意大利画家郎世宁，以中西法融合画马，颇具特色，亦为上品，令人喜爱。现代画坛大师徐悲鸿先生笔下的马，风骨俊逸，更是自成一家，誉满天下。

如今科技飞速发展，无论交通运输还是军事活动，机械化程度不断提高，马的作用逐步减弱，但是人类对马的情结不会减弱，体育比赛中仍然保留了赛马、马术等项目。国家对于马的保护和优良品种的培育也很重视。比如陕西的关中马，是古代著称的"唐马"。国家早在陕西眉县建立了保护关中马种的马场，在相关科研单位的支持下培育良种。如今关中马在马术等竞技比赛中，优势明显。

人类还是离不开马！

羊，哺乳动物，反刍类，食草为生，品种很多，如绵羊、黄羊、羚羊等。

据学者考证，远在母系氏族时期，生活在我国北方草原地区的原始先民，就开始驯化羊，并选择水草丰茂的沿河沿湖地带，牧羊狩猎。我国驯养羊的历史有八千年之久。羊，可谓全身是宝，羊肉、羊血、羊肝、羊胆、羊骨等，是味美且营养价值很高的食物。羊的毛皮可制成精美的毛织品和皮革制品。羊的性情温良，易于圈养，因此羊便成为人类生活中不可或缺的六畜之一。

有关羊被选入十二生肖的民间传说，神奇有趣。相传羊原是天上的神，受玉帝管理。远古时期，人间没有五谷，人类依靠野菜、野果为生。有一天，羊神下凡到人间，看到人们个个面黄肌瘦，病态恹恹，问及原因，才知道人间没有五谷，无粮可食。羊神随即回到天宫，半夜趁守护神熟睡，潜入御田，取来五谷送到人间，人们播种收获，才有了粮吃。后来玉帝知道了此事，十分生气，下令天官将羊神开除神籍，绑赴人间处死，这使人类无比悲痛。但令人们惊喜的是，次年，在羊被处死的地方，长出了一大片绿莹莹、青生生的嫩草，在草丛中窜出了好多好多可爱的羊羔。羊从此以食草为生，繁衍生息，一代一代无私地给人类做贡献。人类对羊感情深厚，在玉帝选十二生肖时，竭力推举羊，使之入选，与地支"未"相配属，称未羊。

自古以来，人们就十分喜爱羊。羊温顺善良，无私奉献，象征着吉祥。其中一个重要原因是羊繁殖速度快，一年产羔两次，或两年产羔五次，每胎产三至五羔，多者可达八羔，是很吉祥的事情。我们在古器物铭文中可见"吉羊"二字，这"羊"字就是"祥"字。在汉语中从羊的汉字，多与羊的行为特性有关，如"善"、"义"（繁体为義）、"美"、"群"等。我国古代西北地区以牧羊为主的游牧民族，称羌族，这个"羌"字便是羊和人两个字组合而成的。

据传，古时有五位仙翁，乘着五色羊，执六穗秬，来到广州，使广州风调雨顺，五谷丰登，广州城就是得五羊之吉而建的，故羊城、穗城是广州的别称。

"苏武牧羊"的历史故事，讲的是西汉不辱使命的忠诚使节苏武，出使匈奴被扣押，受尽折磨，被押送到荒无人烟、极其寒冷的北海，即贝加尔湖地区。苏武坚持忠义，与羊群为伴，艰难度过十九个春秋，终于回到了长安，并流芳百世。

羊，永远是人类的亲密动物之一。

扇面　《黄花亦自有芳菲》

申猴趣话

年年岁岁，十二生肖动物轮流执掌年华，十二年一轮，循环不已。这些动物，要么功劳赫赫，与人类生活紧密相关，如牛、马、猪、羊、狗、鸡等；要么具有威慑力，让人望而生畏，如龙、虎、蛇之类；要么是人类日常都能见到的，如鼠、兔等。

猴子在十二生肖中排行第九，与十二地支中的"申"对应，位列未羊之后。猴子是怎么被选入生肖的呢？据民间传说，早年老虎与猴子为邻，关系亲密。老虎凭着镇山制兽之威名，成为百兽之王，山中其他动物大都不敢接近它，只有猴子敢与其来往。有一次，老虎不幸落入猎网，情急之中，是猴子上树解开网绳救了老虎。脱险之后，老虎对猴子感激不尽，并说："日后定当报答。"不久，玉帝下令选十二生肖，虎为百兽之王，当然入选。猴子也想入生肖，玉帝认为猴子无功可言，未准。猴子便请老虎帮忙求情，老虎因欠猴子的救命之情，便向玉帝求情说："猴子聪明、精灵、机智，我不在山中时，是猴子帮助镇山。"于是，玉帝下旨，将猴子也列入了生肖。

当然，这个故事是民间杜撰，不足为据。相关学者认为，人类是从古猿进化而来的，而猴子大脑发达，外形和一些习性与人相似，以及聪明伶俐的天性等，使古人感到猴子与人类有缘，视为近亲。我国古代神话传说也有记载。在盘古开天地之初，大地为猴子的天下。不久，猴群中出现一对机灵的雌雄猴儿，浑身无毛，用树叶遮丑，站着走路，手趾分开，能攀能拿，能使用简单的工具。盘古知道后，就让其结为夫妻，繁衍后代，改变了天下乱糟糟的局面。所以在古代就有了"人是猴子变来"的说法。

从文字学的角度来说，"猴"字的本意就是指猴子，"猴"字最早见于秦篆阶段。那么在这之前，人们是用什么文字来表达猴子之义的呢？是"猱"（读náo）字。李白《蜀道难》中有句"猿猱欲度愁攀援"，"猿猱"就是猿猴。在甲骨文中，"猱"字就是勾画了一只搔首弄姿的猴子的形象。我国是世界上猕猴资源的富产国，我们通常见到的猴子，多为猕猴。随着时间的推移和历史的演进，"猱"字便成了猕猴之专称。人们又造了一个"猴"字，来泛指猴类。如汉代司马相如《上林赋》中有"蛭蜩蠼蝚"。"蠼蝚"就是猕猴。"猴"字是个会意加形声字，以"犭"表形，以"侯"表声，而侯字的本意是"箭靶"，最早见于甲骨文，后来由于不断演变，字义起了很大的变化。比如在春秋战国时期，人们以"侯"称各诸侯国君主。秦汉以后，有了封侯制度，封侯拜相就成了读书人孜孜以求的人生目标，加之"猴"与"侯"谐音，使"猴"有了吉祥美好的象征意义。如在绘画中，一只猴子爬在枫树上挂印，即取"封侯挂印"之意；一只猴子骑在马背上，即取"马上封侯"之意；两只猴子坐在松树上，或者一只猴子骑在另一只猴子背上，即取"辈辈封侯"之意；五只猴子捧一篮仙桃，即取"五猴献寿"之意等。

猴子爱吃桃子，民间就传说，三月三日王母娘娘设蟠桃宴会，孙悟空偷吃宴会上能使人长生不老的仙桃，这使猴子又有了象征长寿的意义。

经典名著《西游记》中，给大师兄孙悟空以"齐天大圣""美猴王"的尊称。毛泽东主席的"金猴奋起千钧棒，玉宇澄清万里埃""今日欢呼孙大圣，只缘妖雾又重来"等经典诗句，是对猴子的高度赞誉。

猴子不可小觑，与其他生肖动物一起，丰富了我们中华民族文化。

金猴载梦启新程，神州阳和满目春。

原载于 2017 年 1 月 18 日《咸阳日报》第三版

明月一轮照古今

鸡在动物界属禽鸟类，品种很多。我们说的通常是指与人类息息相关的六畜中的家鸡。它是人类最早驯养的动物之一，也是人们普遍饲养的家禽。其驯养历史有四千多年了，直到距今一千八百年左右，鸡的肉、蛋才成为人们食用的商品。古代饲养水平低，一只母鸡一年仅产十几枚蛋。古代人们以狩猎、农耕为主，日出而作，日落而息。在没有钟表和报时器具的上古社会，会准时打鸣的公鸡，就是报时的"神钟"。许慎《说文解字》曰："鸡，知时兽也。"鸡能知道茫茫长夜中的时辰，知道黎明的到来，知道太阳何时升起，何时落下等，这是聪明的人也难以做到的。在古人的眼里，鸡是通天意的神灵，被尊为"报时神"，在人们心目中地位很高。因此，古人养鸡的目的不在于食其肉、蛋，而是利用雄鸡报晓，养母鸡则是为了公鸡代代不绝。

据传说，上古时代，天上有只天鸡，每当黎明时分，便准时啼鸣，人间的公鸡听到天鸡的叫声后，就跟着叫起来。古书中云："东南有桃都山，上有大树，名曰桃都，枝相去三千里，上有一天鸡，日初出，光照此木，天鸡则鸣，群鸡随之鸣。"

又有神话传说，鸡原来是一种名为"吉"的禽鸟，是玉皇大帝派往人间撒播吉祥的使者，被称为"吉祥鸟"。后因私下曲阜，犯了天条，被罚下凡界。鸡在民俗中，至今还是吉祥的象征。

鸡还有一个神奇的本领，它像狗一样，会认路，即使将其带到很远的地方，它也能找回家。

在漫长的岁月中，人们视鸡为德禽。韩婴《韩诗外传》记载："鸡有五德，五德者：头戴冠者，文也；足搏距者，武也；敌在前敢斗者，勇也；见食相呼者，仁也；守夜不失时者，信也。"

至于鸡何以入生肖，民间传说很有趣。说是玉皇大帝选生肖时，只选走兽，不选禽鸟。与人们息息相关的六畜中的牛、马、羊、狗、猪都入选了，唯独无鸡。鸡实在想不通，晚上在窝棚里翻来覆去睡不着，越想越冤屈。想着想着灵魂出窍，直飞天宫，叩见玉皇大帝，哭诉委屈，眼泪汪汪地叙说它每天黎明准时司晨，唤醒大地，引曙光于民，辛辛苦苦，却未入生肖，太不公平。玉皇大帝听后，觉得选生肖的标准有误，禽鸟也应该入选，便顺手摘下殿前一朵红花，插在鸡头上。鸡醒后发现头上戴了一朵红花，心中大喜，便去寻找主管生肖的天官。天官一眼认出鸡戴着玉皇大帝的"御殿红花"，心下明白了玉皇大帝看重鸡的心意，于是破例将鸡列入十二生肖，位列第十，后被人们与地支相配属酉。

鸡入生肖，让禽鸟在十二生肖中有了一席之地，大大丰富了生肖文化的元素和内涵。千百年来，人们给鸡赋予了美好的象征意义和比喻意义。历代文人墨客以鸡为题材，给后世留下了难以胜数的诗赋佳作和书画珍品。《诗经·郑风·风雨》中"风雨凄凄，鸡鸣喈喈"一句成为经典，意为凄风苦雨冷清清，窗外鸡鸣声不住。此句被人们常常比喻君子无论处在怎样的艰难环境中永不变节。"雄鸡报晓"，意味着天将亮，黎明到来，象征着黑暗即将过去，光明即将到来。毛泽东主席《浣溪沙·和柳亚子先生》词句"一唱雄鸡天下白"，形象地描绘了中华人民共和国的诞生，如同一轮朝日，冲破黑暗，从东方喷薄而出，向全世界宣告，黑暗过去，光明到来，中国革命胜利了，中国人民站立起来了。唐伯虎《画鸡》有诗云"头上红冠不用裁，满身雪白走将来。平生不敢轻言语，一叫千门万户开"，更是将鸡的英姿、谨慎，为千家万户守信司晨的品德描绘得淋漓尽致。在国画中，牡丹配以雄鸡则取意"功名富贵"；鸡立石上，则取意"室上大吉"；梅花配以大鸡则为"大吉报春"；鸡卧树枝打盹，则升格为凤凰之象；山水画中山顶立鸡，则有大展英姿之意义；"闻鸡起舞"也是国画中表现奋发图强的画题。因"鸡"与"吉"谐音，国画中出现鸡，大都有吉祥之意。

如今，由于科技的飞速进步，社会进入了一个快节奏的时代，依靠雄鸡报晓的时代一去不复返了。人们从经济效益出发，发展养殖业，大办养殖场养鸡，已成为广大农村和山区致富的一个重要产业。

鸡，普通、平凡，对人类的贡献却不平凡。

唯愿，鸡年大吉、鸡年吉祥、诸事吉利、吉祥如意！

原载于 2017 年 1 月《秦都》杂志

《大吉报春》

狗在十二生肖中位次第十一，与地支中戌相配，谓之戌狗。

民间传说狗是狼的舅舅。据学者考证，狗确是狼的近亲。考古学家的研究发现，在新石器时期，我们的先祖就开始驯化饲养家畜了。最早驯养的是狗和猪，以后又有了牛、羊、马、鸡，合称六畜，可见人类养狗的历史之久了。狗的品种很多，我们讲的生肖戌狗，是普通家养的狗。狗的嗅觉灵敏，牙齿尖利，脑子机灵且易接受训练，比起生肖中的其他动物，它对主人忠心耿耿。数千年以来，狗与人类亲密相伴，是人类生产生活中的忠实之友。看家守户，跟随主人放牧，狗尽职尽责；在狩猎场上，狗驱逐豺狼，冲锋陷阵；狗拉着雪橇能穿越严寒偏僻之地；在房屋倒塌后，狗凭着比人类灵敏千倍的嗅觉，能把困在瓦砾中的人救出；发生雪崩后，狗能搜寻到埋在雪堆中的人；主人遭劫时，狗能帮主人赶走强盗，因此，有了义犬救主的故事。在人们的心目中，狗太棒了，让狗入生肖，理所当然。

要说狗入生肖，民间亦有传说。相传玉皇大帝选十二生肖时，猫和狗都入围了候选动物，但它俩只能占一个名额。论功劳，一个看家守院，一个灭鼠护粮，让谁落选，玉皇大帝犯了难，于是玉皇大帝下旨把猫和狗召到天宫，让他们各自述职。猫抢先回答："我会逮老鼠，每顿只吃一灯碗。"狗老老实实地回答："我日夜看家守院，每顿吃一盆。"猫以为它回答得好，能逮老鼠吃，自食其力。但玉帝认为，猫太精明，还是狗忠诚，结果狗入了生肖。在神话传说中，狗还有神职，古籍中说"戌之神为风伯"，意思是神犬为司风之神。

从文字学方面来说，"狗"字的本意，是指长毛的小狗崽。《墨子曰》："狗，犬也。"古籍中也说："狗犬通名，若分而言之，则大者为犬，小者为狗。""犬"字诞生得早，两千多年前的孔子见到甲骨文中的"犬"字时，便惊叹道："视犬之字如画狗也。"那么，既然"犬"字可表示狗之义，人们为何又要造"狗"字呢？据考，在商周时期，民间已有将未长毛的狗崽叫狗了，如今，陕西民间还把可爱的小宝宝叫"狗狗""狗娃"。犬是大狗，如秦腔《游龟山》唱词中就有"赛虎恶犬"，再如军犬、狼犬等，都称大狗为犬。这样看来，"狗"字诞生就很自然了。

虽然狗是人类驯养早而且亲密的动物，但在汉语中，含有狗字的词语，大多是贬义词，如狗仗人势、狗腿子、狼心狗肺（据说，狗肺有毒，所以狗肺一词比喻心肠狠毒之人）等。这大概是与狗的特性有关吧，令人感慨呀！

扇面　小楷　《心经》

種色勝春朝
庚寅花朝吉日敬農

《秋色胜春朝》

亥猪趣话

猪在十二生肖中，排位末尾，与地支亥相对应，称亥猪。

说起猪，人们总认为肮脏不堪，懒惰成性，愚蠢笨拙，整天只记得吃，吃饱了便到污泥坑里打滚，或者到墙旮旯里拱土，此外，别无事事。

但是千百年来，猪和人类的关系十分亲密。据考古学家考证，新石器时期，原始先民就开始驯养家畜，在六畜中，驯养得最早的要数猪。在后世发掘的古遗址兽骨中，猪骨最多，距今已经有六七千年了。在西安东郊半坡遗址中，半坡人居住的地方，还留下了圈栏遗址。

在以农耕、狩猎为主的古代社会，饲养猪简便，且猪繁殖快，一胎多仔，骨细而脆，肉肥而香，因此，猪在人们心目中的地位很不一般。猪还与牛、羊一起，成为人们敬神祭祖的供品，称"三供"。更有趣的是，先祖造字时，将"家"字，用"宀"与"豕"组合，豕者猪也。图腾符号文字的豕字就是一头猪的形象，所以就有无豕（猪）不成家的说法。猪字诞生较晚，约在秦汉时期。《说文》中收入了小篆猪字。猪在过去也是衡量一个家庭财富的砝码。旧时，一些地区定婚姻，娶媳妇，女方要看男方家里养了多少头猪。

据现代人对猪的长期观察研究，发现猪的确是一种善良、温顺、聪明的动物，经过特殊的训练后，他会跳舞、打鼓、游泳、直立推车，还能嗅出埋在土里的地雷等。现在，还有人养宠物猪，这就改变了人们对猪的传统看法。

那么，猪是怎么入生肖的？民间有个传说，很久以前，有一位姓段名梓松的员外，也是个老财主，田地千顷，牛马成群，猪羊满圈，府宅豪华，家产万贯，遗憾的是人丁不旺，膝下无后。到了花甲之年，喜得贵子，这婴孩白皙皙，胖乎乎，宽额方脸，隆鼻大眼。员外喜不自胜，大摆宴席，庆贺后继有人。席间，宾客中有位相士看到婴孩后说："这孩儿是大贵之相，将来前途无量，富贵无比。"此后的日子，家人对相士之言深信不疑，对其子溺爱有加，不施教育，任其饱食终日，游手好闲。多年以后，员外夫妻相继辞世，这孩子已经长大成人，但仍然好吃懒做，挥霍无度，坐吃山空，致使家道败落，衣食无着，悲守空庐，惨淡而亡。死后，他的灵魂觉得冤枉，便到阎罗殿里讨说法，见了阎王爷，以质问的口气道："我生前一位相士断言我有大贵之相，富贵无比，你为何让我饥饿早亡？"阎王爷不便回复，遂将其魂魄带到天宫，请玉帝公断。玉帝听了诉讼，急招来灶神，问清了他的生前情况后，怒拍惊堂木，厉声呵斥道："你命相虽好，但生性懒惰，贪闲贪吃，不修不学，有何脸面做人。况且你先父名为段梓松，就是说命中要断子孙，不该有你这个孽子。今罚你为猪，吃糠糟！"此时，正在一旁选生肖的天官，错把玉帝说的"吃糠糟"，听成"当生肖"。从此，他的灵魂即变成一头猪，既吃糠糟，又入了生肖，与地支中的亥相配。也巧，亥字在汉语中有两个意思：一是地支十二，纪年纪月纪时；二是与豕义同。《论衡·物势》云："亥，豕也。"在甲骨文中，亥字就是一头猪的象形。

猪虽然对人类贡献很大，但是汉语中，含猪的词语多为贬义词，如猪狗不如、蠢猪等。但是有些与猪有关的词语，却有褒义色彩，因"猪"与"朱"同音，"蹄"与"题"音谐，故旧时学子赶考前和考中后，亲友都会赠送红烧猪蹄子，表示预祝，或表示庆贺，这里面有吉祥的文化内涵，即"金榜题名""朱笔题名"之义。

古往今来，不知有多少人，以养猪发家致富。笔者隐约记得20世纪50年代末，《人民日报》曾在头版以《元帅升帐》为题载文（或许是社论），并配有名家漫话，号召全国人民大力发展养猪事业，一时间，猪成了举国上下很火的话题。我们至今不忘"天蓬元帅"二师兄的这般风光，这恐怕是其他生肖兽望尘莫及的。

散笔拾遗

牡丹园中春意闹

东风浩荡，春光明媚，咸阳湖、渭阳公园百花竞放，郁金香、芍药、玫瑰以及数不胜数的其他花卉，争奇斗艳，绚丽多彩。然而，最吸引游客、惹人眼球的还是咸阳湖东西两端和渭阳公园等处约130亩的牡丹苑里盛开的3万多株牡丹花。

那白色的叫"宋白"，黄色的叫"姚黄"，深浅雪青的叫"魏紫"，银红色的叫"冰罩红石"，粉红色的叫"大金粉"，桃红色的叫"大红剪绒"，大红色的叫"状元红"，紫红色的叫"烟笼紫"，近似黑色的叫"墨剪绒"，还有同花异色的叫"二乔"，绿色的叫"豆绿"，五彩缤纷，千姿百态，令人眼花缭乱，目不暇接，正是"彩霞深处，明艳夺昭阳"。

游人络绎不绝，赏花者兴致勃勃，有的急忙打开相机取特写镜头，有的花中留影，有的全家在花前拍"全家福"。此时的咸阳湖，天蓝水碧，树荣、草绿、花香。人们兴趣盎然，流连忘返。你说，谁不爱牡丹！谁不爱春天！谁不夸咸阳湖！谁不赞美咸阳！谁不歌颂和谐盛世！

牡丹雍容华贵，香气袭人，素有"国色天香""万花魁首"之美誉，惹得诗人从古赞到今。"竞夸天下无双艳，独立人间第一香"（唐代皮日休），"唯有牡丹真国色，花开时节动京城"（唐代刘禹锡），"每见牡丹常绝倒"（宋代李纲），"风前月下妖娆态，天上人间富贵花"（元代吴澄）……这些赞美之词，表达了人们深爱牡丹，对幸福美好生活的向往之情。

如今，在我国，经过人们千百年来的精心培育，牡丹品种多达八九百种，栽培地区也很广，品种最多的地区算是河南洛阳和山东菏泽了。这两个地区的牡丹品种均在数百种以上，故有"洛阳牡丹甲天下"和"曹州（菏泽）牡丹甲天下"之称。

但是，有谁知道"洛阳牡丹出邙山"，而"邙山牡丹根在陕"呢？

有文字记载，早在一千四百年前的南北朝时，牡丹就生长在秦岭山区，那时是野生的。因其枝叶花形极似芍药，故称木芍药。后经人们栽培，牡丹品种逐渐增多，由长安移到洛阳及其他地区。宋代周敦颐说，"自李唐来，世人甚爱牡丹""牡丹，花之富贵者也"。

那么，牡丹是怎样移植到洛阳的呢？千百年来流传着这样一个凄美的故事。

据说，武则天登基称帝以后，有一年冬天，来到上苑，饮酒赏雪，酒后在白绢上写下一首诗："明朝游上苑，火速报春知。花须连夜发，莫待晓风吹。"写罢，命宫女在花苑中焚烧传旨，以告青帝。也怪，这首诗被焚烧之后，立马惊慌了百花仙子，她们连夜争相开放。在次日日出之时，除牡丹花以外，其他花卉都精神焕发，各展风姿，献媚争宠。武皇兴趣浓浓地观赏着，却发现牡丹花未开，心中大怒，点燃一把火烧了苑中所有的牡丹，并气呼呼地传旨将长安的牡丹统统连根拔掉，扔到洛阳以北沟壑交错的邙山之中。但出人意料的是，这些被毁弃的牡丹却在邙山活下来了，而且扎了根，安了家，后来邙山也有了别名，叫"牡丹山"。

当时，邙山脚下住着一个小伙子，他看到牡丹花后，特别喜爱。每年到牡丹花开放的时节，他便带上工具，上山寻找长势好、品种优的带回家中，精心栽培。此外，他还在山上修筑篱笆，把牡丹花生长集中的地方保护起来。在他的精心呵护下，邙山里的牡丹越长越茂盛，品种越来越繁多，名声也越来越大。

后来，有一年中秋之后，一位宛若仙女的姑娘突然来到这位小伙子家中，向其表示谢意，还送给小伙子一床绣着牡丹花的被单和一块手帕，正当小伙子想问个究竟时，那姑娘一闪，便消失得无踪无影了。小伙子打开手帕，只见上面写着一首诗："芳名就叫牡丹花，邙山岭上是我家。感君惜花情意厚，来年春天见奇葩。"小伙子这时才恍然大悟，这是牡丹仙子呀！待到第二年春天，果然漫山遍野牡丹花盛开。

这个故事至今还在民间流传着。传说归传说，而牡丹花始生长于秦岭山中，后经培育从长安移到洛阳等地却是实实在在的。

由于牡丹花深得人们喜爱，观赏价值高，自然也就成了历代文人墨客十分喜欢的创作题材。他们为后世留下了不少关于牡丹的经典诗文和书画珍品。

人们喜爱牡丹，还因为其花可以酿酒，因此牡丹的经济价值也很高。正如唐代裴说诗句所赞："此物疑无价，当春独有名。"

我钟爱牡丹，特别喜欢画牡丹。每当春风得意、牡丹盛开之时，我几乎天天去咸阳湖、渭阳公园牡丹苑观赏写生。看，流连戏蝶花间舞；听，自在黄莺林中啼。不觉陶然欲醉，其乐融融。

"今年花胜去年红，可惜明年花更好，知与谁同？"聊借宋人欧阳修词句来结尾。

原载于 2016 第 3 期《秦都》杂志

根之联想

　　邻居小战，年逾不惑，在业余时间恋上根雕，从老家醇化县弄来好些树根，清除泥土沙垢，实施雕刻。他在一个树龄八十余年、根座约六十厘米的根料上，因料造型，历时两月，雕出十二生肖及鱼、鸟、猫、龟、鹤等共计三十四个动物形象，嘱咐我篆题"和谐相聚"四字镌刻在根座正侧。他还用杂树根雕出鹿、蜗牛、袋鼠、蟒蛇、飞龙、鹦鹉等禽兽，造型灵动，栩栩如生，惹人眼球。

　　这些根雕，虽非大师出手之精品，却别具情趣，引发了我对根的崇敬、联想和赞美之情，令我重新认识树根之价值。

　　何为根？从文字学角度讲，其本义为草木之根。许慎在《说文解字》中说："根，木株也，从木，艮声。"先儒张舜徽云："株，木根也，从木，朱声。株，即兜，株字古读兜，湖湘间称株为兜，伐木之余称为株兜。"

一棵树，春天发芽抽枝展叶，孕蕾放花挂果；秋天果实累累，挂满枝头，煞是喜人。它依靠什么？依靠的是根的养育。根茎、根须在地下黑暗的泥土里，在人们看不见的世界里，沉默地伸展着，无声地歌唱着，从不现身露面，炫耀自我，而是夜以继日地往深处扎，向广阔处伸展，努力吸收地下水分，吮吸泥土中的养料，毫不保留，尽力供给树之茎、枝、叶、花、果，令地面上的枝干日益粗壮高大，叶片翠绿肥阔，花儿纵情开放，鲜艳芬芳，果实香甜，缀满枝头。管子说，根将水"集于草木，根得其度，华得其敷，实得其量"，可见根对树无私奉献，功莫大焉。

即使树成材被砍伐之后，只要留得根在，这根，不择地之贫瘠，不论环境之优劣，依然"春风吹又生"，在根座周围生出新的枝条，经年之后又育成大树。

若伐木之后根被刨出，丢弃在田野山沟里，可供人们燃为篝火，照亮沉沉黑夜。倘若到了雕刻者的刀下，根就会变成艺术品，供人们观赏，陶冶性情。

随着历史的发展和社会的进步，字义也在不断演变。根的本义已由草本之根生发出了引申、比拟、借喻、象征等义项，内涵十分丰富。

老子曰："玄牝之谓，天地根。"大凡世间万物，皆有其根。环顾大千世界，一个国家或民族如果没有或者缺失这个东西和基因，就没有凝聚力，就是一盘散沙，国难强盛，民族也难成为一个真正的顶天立地的民族。

我们中华民族却不同。我们中国是一个文明古国，上下五千年，历史悠久，根深蒂固。先祖为我们开天辟地，引来曙光，播百谷草木，化鸟兽鱼虫，奠基华夏，创造文明，制典礼乐，昭示治国平天下的准则和道德规范，培育民族精神。这些无价瑰宝代代相传，发扬光大，令我们中华民族儿女勤劳、勇敢、睿智、自信、自强、自尊。四海之内，只要是华人、华裔，无论身在何处，都以身为炎黄子孙而自豪。所以，我们中华民族从来都是气概堂堂，光明正大，体体面面的。百年来，即使在遭到列强蹂躏、倭寇铁蹄入侵的艰难岁月里，中华民族也从未向恶敌屈膝低头，而是以誓将碧血化国魂的大无畏民族精神，不屈不挠，若天马纵横驰骋，顽强地战胜一个个恶魔，赢得胜利，屹立于世界民族之林，巍巍然崛起东方，为世瞩目。

我国有五十六个民族，都是炎黄子孙，牢牢系在一个祖根上，可谓民族众多，和谐团结。在漫长的历史岁月中，不同民族之间，即使有过政见上的不和、风俗上的碰撞或因奸佞挑唆等，打打杀杀，但因祖根相系，始终是根不分离，文化从未分裂。尤其是在面临外敌入侵之时，"兄弟阋于墙，共御外侮"，毫不犹豫。先贤曰："天雨虽宽，不润无根之草。"吾儒云："圣水神灵，难活无根之木。"

根，付出得太多，太多，却一无所取；厚德载物，默默无闻，却无怨无悔；孕育万物，孜孜不倦，却不居功争名争利……

　　我赞美根，更赞美中华民族之根。

　　巍巍哉，炎黄始祖！

　　皇皇矣，华夏之根！

　　作为炎黄子孙，在赞美祖根的同时，不由得扪心自问，我们能为这个伟大的时代做点什么？无论能力大小，也无论"居庙堂之高"还是"处江湖之远"，我们所能做到的就是把党和人民放在心中的最高位置，弘德扬善，发扬民族精神。"为天地立心，为生民立命，为往圣继绝学，为万事开太平。"立足本职，爱国敬业，无私奉献。在今天的新长征筑梦路上，昂首阔步，勇往直前。于祖、于党、于国、于民，将当之无愧！

明月一轮照古今

艺比天高，学海无涯

先祖崔永麟，乾隆年间举人，曾"绿袍扫地，红帽遮天"。据《岐山县志》载，其精研程朱理学，著述颇多。

书香门第，吾为其大房一脉之嗣。瓜瓞绵绵，文脉缵续。吾幼时承蒙家教，酷爱书画，学前即进书房，染翰墨，诵诗文。家父以为可造，多加训导，故少小即有超前基础。至上学、工作、退休于今，砚田耕耘，不曾懈怠。虽常叹苦无所知，却也得到了时贤挚友的热情赞誉……

叶炳喜先生在《勤健洒脱，神采飞扬——崔敬义先生行书欣赏》一文中说，崔先生是一位才学横溢，成就卓著的书法家，于篆隶楷行草皆能匠心独运，尤其在大篆和行书方面造诣最深，还勤于中国花鸟画的创作和研究，常将绘画原理妙用于书法之中，达到了相得益彰、书画相辉的境界。

张过先生藏名联句："敬业诗书画，义门仁智信。"

赵冲同志在《翰墨难写是精神》一文中引用"坦腹东床"典故以赞之。

马骏英先生诗曰：

> 书法称家名古城，草行篆隶俱相通。
> 构思新颖笔锋劲，结体巧纤功力雄。
> 腕底草虫鱼劲舞，纸间禽鹤虎嘶鸣。
> 珠光玉颜惹人爱，松下兽王迎日升。

张生效先生《题崔敬义葡萄图》曰：

> 着色如涂釉，晶莹且剔透。
> 酸甜不用问，口水湿襟袖。

李勇先生诗曰：

> 书工画境妙生章，三分理性七分扬。
> 天机若与学识存，也能笔墨善张狂。

赞语多多，仅录二三。毋庸赘言，录也与否，皆给予极大的关怀、鼓励和鞭策。在此，深表谢忱。

《崔敬义扇面书画选》中所选作品，多为近两年随兴之笔，画以写生居多。因年事渐高，于运用笔墨、题款、嵌印诸方面多随意，欠考究，不拘泥。仅以存稿视刊之。

吾尝戏言：我书、我画、我文，三丑也。我想，大凡世间事物，丑到极致，自然就有美了。

艺比天高，学海无涯。吾人上下求索，乐以忘忧，不知老之将至。

《崔敬义扇面书画选》序言，有删改

扇面　行书　《观海》

以书画促交流

玉兔呈祥，金龙兆瑞。大地回春，万象更新。在第九次全国文代会东风的吹拂下，"秦楚文化交流书画作品展"在武当山下开幕了。这无疑是一枝迎春开放且绚烂多姿的鲜花，令人赏心悦目，精神振奋。

书法、国画是我国独有的文化艺术瑰宝，为世所珍。三秦大地，得天独厚，山川秀美，历史悠久，有周、秦、汉、唐之盛，有秦砖汉瓦之宝。深厚的文化积淀，孕育了诸多文化名人和书画艺术骄子，创造了不少千古生辉的传世珍品，可谓"江山代有才人出，各领风骚数百年"。《秦楚文化交流书画集》其中一位作者就是在这块毓灵沃土上成长起来的后起之秀：有年逾古稀，数十载笔耕不辍、德艺双馨的书坛宿手；有而立、不惑、知天命、过花甲之年，自强不息的实

明月一轮照古今

力派；其中亦有人佳艺高的巾帼佼佼者。不论在省市或国展等书画活动中，他们都取得了优异的成绩。《秦楚文化交流书画集》作品，多为作者倾力之作：或书之笔走龙蛇，落纸云烟，如奔雷，如鸾舞；或画之毫吐虹霞，泼墨出岫，若烟峦，若霞飞。看似信手落笔，却自然高妙，都不失秦汉雄风。足见其智巧兼优，使我们既能看到其传统轨迹和时代风貌，又能感受到鲜活跳动的艺术脉搏。当然书之精妙，画之优美，毋庸予之聒絮，读者自备慧眼。

湖北省十堰市人民政府，以及市文化局、市卫生局等鼎力支持关照，武当山询道开发公司为这次作品展举办创造了重要条件，功莫大焉；原咸阳市妇女书画协会会长徐双月先生及弘扬汉文化书画研究院院长张平先生，刘岫鹰女士竭诚组织作者，安排活动，征集稿件，付出了心血，亦功不可没。

这次活动，倘能促进秦楚两地文化交流，繁荣书画艺术，有助于社会主义精神文明建设，贯彻落实第九届全国文代会精神，则如愿以偿矣！徐双月先生及各位作者均系予之挚友，嘱予作序，不顾才疏学浅，文稚笔拙，予欣然从命。

龙集辛卯，时维雪月。

《秦楚文化交流书画集》序言，有删改

孟子曰孔子登東山而小魯登太山而小天下故

觀於海者難為水遊於聖人之門者難為言觀水

有術必觀其瀾日月有明容光必照焉流水之

為物也不盈科不行君子之志於道也不成章

不達

丁酉岁首，在咸阳世纪大道沣荷嘉苑小区，偶见秦都区创建文明城市领导小组与秦都区陈阳寨河南街小区联合制作的"社会主义核心价值观"大型宣传牌，右上角楷书"秦都"标识，将"秦"字写成"秦"字。错了！

"秦"字，甲骨文为""，金文为""，均像双手执杵舂米谷之形。故以秦为地名，后为国名，皆有标榜其农业发达之意；小篆作""，许慎《说文解字》曰："地宜禾，从禾，省春……"；隶书变""为""；楷书笔画为"秦"。《康熙字典》收古秦字为""，未详解。

笔者查阅了相关书籍，只见到隋朝智永和尚在《草书千字文》中将"秦"字写为"秦"字。肯定地说，这是错字。

我们写汉字，一定要弄懂字源，了解我们祖先创造汉字中所表现的惊人智慧。汉字的构造，讲音、形、意。将"秦"字下部的"禾"，写成"未"就讲不通了。而字形也是随着社会发展不断演变完善的，由图形逐渐线条化、符号化，结构逐渐固定，初步形成了当今的字形。前贤书迹中优秀的我们要继承发扬，错误的只能做研究参考，不可以讹传讹。

扇面 《玉堂春》

因了『通诗』『位窍』说几句

读了2008年5月7日第十八期《书法报》二十五版"海选·兰亭诸子"杨耀扬先生楷书作品：唐张说诗《恩制赐食于丽正殿书院宴赋得林字》及唐杜甫诗《春日忆李白》，书作刊登版首。至于《春日忆李白》书写中不规范的字如"庚""然""唐"，遗漏"府"字等暂且不论，仅就张说诗中"诵诗闻国政""位窃和羹重"两句的书写之误说几句。

杨先生将"诵诗"写成"通诗"，将"位窃"写成"位窍"，一笔一画的楷书，明明白白地写别了。不管作品多么精妙，艺术性多么强，水平多么高，就仅这两句读了，就令人啼笑皆非。

书写古典诗词是书家的再创作，但不能像抄写大字报那样去随便写。书家在动笔之前，必须把原作的字和内容弄懂，好比一个演员在塑造扮演的角色之前，必须吃透脚本，否则就很难把戏演好。

把"诵诗"写成"通诗"，将"位窃"写成"位窍"，不仅词语难释，而且全诗的内容也令人难以理解。

后来，我翻阅了一些书，发现河南美术出版社1992年8月出版的党禺编著的《书家必携》，在第202页辑录了这两首诗，书中将"诵诗"、"位窃"（简体"窃"）印成了"通诗"、"位窍"（简体"窍"）。此书中错误之处不少，如果读者文学修养浅薄，书云亦云，必然出问题，我估计杨先生就是被这本书误了。

何谓中国书法？简言之，就是中国人用特制的毛笔书写汉字的艺术，或者说中国书法就是美化汉字的艺术。因此，汉字是中国书法的唯一载体。而中华民族的传统文化对书法的基本要求，应该是把汉字写正确、写美。如果说一个书家的书法作品中错别字（并非笔误）不少，怎么让读者理解其内容，欣赏其艺术性呢？

纵观中国书法史，可以看出，书法历来是文化圈内人的事情。因此，书家要特别注重学养，名家更要治学严谨。苏轼的诗句"退笔如山未足珍，读书万卷始通神"，说的就是这个道理。康有为在《广艺舟双楫》中，也特别强调学书要"申之学问"，意即扩展高深的学问。

据说，曾在中国书坛显赫的原中国书法家协会常务理事，原陕西省书协主席刘自犊老教授在世时，他的至交书法名家段绍嘉老先生请他用大篆题写书名，时过两载，未见动静。段老先生问及时，刘先生说："有一个字还没有弄清楚，难以动笔。"可见刘先生的治学精神是多么严谨啊！

我想，杨耀扬先生在书写这两首诗之前，如果对诗的内容认真研究一下，就不会出现"通诗""位窍"等问题了。

2008 年 10 月 3 日夜

锁弘甥：

你和国花好！

我和你舅母均安，释念。

你在来信中谈到，在业余时间学习书法年余。你是搞电子技术的高工，那么忙，还有兴趣和时间学习书法，且有了一点进步，我十分欣慰。

要我谈谈如何学习书法，这个题目对我有点难，只能说说肤浅体会，不敢妄言！

舅已年届耄耋，从小秉承家教，绍继先祖文脉，三四岁进书房，日课背诵诗文，研墨习字，直到上学、工作、退休至今，屈指七十又六年矣，于翰墨不曾辍懈。虽书作多次入国展，刊发诗文书画作品数百篇幅，但终不成气候。要给后学者指点，说个一二三，有点汗颜！

中国是一个文明古国，汉字历史悠久，使用广泛。中国书法，是中国人用特制毛笔书写的，十分独特。历代先贤给后世留下的无数墨宝，为世界文库之璀璨瑰宝，弥足珍贵。如今，科技进步，电脑代替了手写，书法的实用性趋弱，但在很多方面还是不可或缺的，尤其作为一门独一无二的文化艺术，我们要传承弘扬。

什么叫书法？简言之，就是我们中国人用特制的毛笔，把汉字写得正确优美的学问。书法已成为一个艺术门类，其载体是汉字。汉字的书写是有规律和章法的，胡涂乱抹是糟蹋行道。仅谈以下几点。

一、关于执笔用腕

中国书法之特，就特在使用毛笔。能掌握好这支毛笔，就能把字写得美妙，反之，就写不好。历代书家对执笔都有高深的论述，对初学者不必多讲，知道具体方法就行了，如：

1.执笔方式

笔管竖立在大拇指与食指中间，用大指和食指将笔管捏紧；中指辅助食指钩住笔管，保持正直不斜；无名指在中指下向外抵住笔管；小指紧贴无名指之下，起辅助作用，不可贴住笔管。如此执笔，要做到指实掌空。唯持实才能把好笔管，易于着力运行，使心力、臂力、腕力和指力顺畅地导入笔端。掌空也叫掌虚，则是为了给手指的协力运行留下必要的空间，使指力、臂力和腕力相结合，导送笔管，做出幅度虽小但灵活多变的活动轨迹，使字的点画形态顾盼灵活，绰约多姿，气韵生动。明代彭大翼云："用笔之法，指实在用力均平，掌虚则运用便宜，至于执笔的高低应以写字的大小而定，切记，捏着笔管管头的方法不可用。"

2.运腕运肘

掌握了五指执笔方法以后，还得练习运腕运肘的功夫。写字时不仅要用指力，还要用腕力和肘力。写小字用指力和腕力尚可，写一寸以上的字，要指、腕、肘三力并用，三力缺一都不能把字写好。"运腕必灵"是历来书家公认的，所以，习书者必须练好悬腕悬肘的功夫。这一关必须过，坚持几个月就闯过去了，否则是写不出好字的。

书写时的正确姿势是坐得端正，双肩齐平，背直胸张，头不可低，胸不可紧贴桌案等，忌弯腰驼背，低头伏案。讲究"三正"（坐得端正；笔正，即执笔正直；心正，即聚精会神，心无旁骛）。

二、练习基本笔画

汉字复杂，一字一个样，初习书法者确实感到困难。但汉字的构成却有若干基本笔画，习书者只要认真练习，掌握它的基本笔画写法，便可以化难为易，这一点不可忽视。

汉字的基本笔画，有"永"字八法。前贤以"永"字笔画为例，归纳为：侧、勒、策、掠、啄、弩、磔、趯，但一般讲十八法，具体如下：

1.点，如之字第一笔。

2.横，如大字第一笔。

3.竖，如下字第二笔。

4.撇，如人字第一笔。

5.平撇，如香字第一笔。

6.竖撇，如月字第一笔。

7.捺，如人字第二笔。

8.平捺，如退字最末一笔。

9.提，如特字第四笔。

10.垂，如年字最末一笔。

11.横钩，如宋字第三笔。

12.竖钩，如可字最末一笔。

13.弯钩，如子字第二笔。

14.斜钩，如戒字第五笔。

15.卧钩，如心字第二笔。

16.竖弯钩，如巴字最末一笔。

17.横折左斜弯，如的字第七笔

18.横折斜弯钩，如乞字最末一笔。

三、练习掌握字体结构

掌握字的基本笔画的写法，这是基本条件。接下来，还要练习和掌握字体的结构。汉字是一字一形，各字有各字的结构。笔画的长、短、粗、细，偏旁的大、小、高、低等，历代书家积累总结了一定的规矩。书写合乎规矩，写出的字就好看，反之则难看。历代书法大家十分讲究书体结构，如唐欧阳询的《九成宫醴泉铭》的三十六条结构法，明代李淳进的大字结构八十四法，元代赵孟頫的楷书九十二法等，这都是以作品总结出来的，初学者抓不住要领，不可死钻，可以参考，主要靠书者自己在实践中揣摩。我就是这样做的，遇到一些难字结构，写不好，就去研究历代名家怎么写。如上下结构、左右结构、上中下结构、左中右结构等字，书写笔画的长短粗细、参差错落、争让、收放、欹正、向背等，如何安排。反复练习，时间长了就会合乎规律，把字写得好看了。唐孙过庭《书谱》云："心不厌精，手不忘熟。若运用尽于精熟，规矩谙于胸襟，自然容于徘徊，意先笔后，潇洒流落，翰逸神飞。"这就是说心有规矩，手有技能，写起来自然得心应手，心手双畅。

四、关于选帖临摹

初习书者，先要选择碑帖。可以根据个人的兴趣和爱好来选，但必须选择优良名帖作范本来学习，"取法乎上"。下面介绍几种碑帖，供选帖时参考。

楷书：

隋《龙藏寺碑》

唐欧阳询《九成宫醴泉铭》

唐颜真卿《大麻姑仙坛记》《多宝塔碑》

唐朝虞世南《孔子庙堂碑》

唐李邕《岳麓寺碑》（行、楷书）

唐柳公权《玄秘塔碑》

元赵孟頫《三门记》《妙严寺记》等

以上为中、大楷帖，小楷宜选如下帖：

晋王羲之《黄庭经》

晋王献之《洛神赋十三行》

元赵孟頫《快雪时晴跋》

明文徵明《醉翁亭记》

行书：

晋王羲之《兰亭序》

唐《怀仁集王羲之圣教序》

唐颜真卿《祭侄文稿》

唐褚遂良《枯树赋》

宋苏轼《寒食诗》

宋黄庭坚《山预帖》

宋米芾《蜀素帖》

明董其昌《典论论文》等

上面提到的楷书、行书碑帖，初学者只能选一种习之，不可同时临摹几种。至于草隶篆诸体，必须在楷书和行书打好基础之后去学习。

草书：

　　汉张芝《章草》

　　晋王羲之《十七帖》

　　唐孙过庭《书谱序》

隶书：

　　汉《礼器碑》《史晨碑》《张迁碑》《石门颂》等

篆书：

　　周《石鼓文》

　　秦李斯《峄山刻石》

　　唐朝李阳冰书《三坟记》

临与摹是两种习字方法。摹写是将名帖上的字用双钩描出（即空心字），填墨后拓着写，日课六十多字，练习三四个月后，即可进入临写。临写是对着帖写，叫对临。有了基础，便可背临、意临。临帖前，先要认真读帖，与古人对话，仔细观察揣摩所临字的点、画、结体、笔意等。正所谓"学书别有观碑法，透过刀锋看书锋。"动笔之前做到心中有数，下笔有法。如果照着帖，看一笔写一笔，那叫"抄帖"，不可取。同时，要经常将自己写的字与帖对照，反复练习，持之以恒，必有成效。前贤经验，临帖有个过程，即生——熟——生三个阶段。生，就是开始阶段，初临碑帖，生疏；熟，即已下了一番功夫，就是你来信说的"有点意思了"，写的字形接近帖了。这只是进了一步。古人云："深识书者，唯观神采，不见字形。"晋王羲之的四世孙王僧虔《笔意赞》云："书之妙道，神采为上，形质次之，兼之者方可绍于古人。"那么，再由熟到生就难了。最后这个生是到了高境界的生，是在传统基础上有个性和新面目了。《书谱》云："初学分布，但求平正；既知平正，务追险绝；既能险绝，复归平正；初谓未及，中则过之，后来通会，通会之际，人书俱老。"这是讲习书有三个时段，到了"复归平正"的最后时段，才炉火纯青。明代项穆在《习书雅言》中说："书有三戒，初学分布，戒不匀与均；既知规矩，戒不活与滞；终能成熟，戒狂轻与俗。"

临帖是书家的终身修为，初学者绕不过去。不可一帖不入，又换一帖，像猴子掰苞谷，蜻蜓点水，必须将帖临到"既知规矩"成熟了，再换帖。仍然以一帖为主，转学他帖。有了基础，可将习帖与创作交替进行，并涉入行书、草书等书体。

五、重视修养、学养

习书要目的明确，一方面要有刻苦精神，持之以恒，心平气和，淡泊宁静，耐得寂寞。俗语云："拳不离手，曲不离口。"多看看名家书写，抽时间读读历代名作，扩展视野，都有助于进步，此为修养事。另一方面是学养。书法是写文化的，书家要有学问，要有才情和性情，不能是除了写字别无挂碍，要境界宽厚，生活充实，这就要求书法人多读书，读好书。习书者要三养：技法养手，读书养眼，道德养心。习近平总书记曾经说，学史可以看成败，鉴得失，知兴替；学诗可以情飞扬，志高昂，人灵秀；学伦理可以知廉耻，懂荣辱，辨是非。"汉语拼音之父"周有光先生说，读书既要读文艺欣赏的书，更要读知识理性的书，一方面培养形象思维，一方面培养逻辑思维，偏食病不利于保护健康，偏读病不利于发展思想。这是箴言。

中华上下五千年，书籍有多少，实难考清。因此，要有选择地读书。苏东坡有句"腹有诗书气自华"。书法人的文化知识底蕴厚了，其书品自然就有书卷气了。古往今来，纵观书坛，那些楷书力厚遒劲、行书沉稳峭拔、隶书古茂朴拙、草书神采飞扬、篆书遒峻凝重，为世所推崇的著名书法大家，何其多也。哪一位不是学富五车，诗书满腹？王羲之《兰亭序》是天下第一行书，其序文也是经典，被载入《古文观止》。

学习书法不可浅尝辄止。学无止境，艺无止境，入之愈深，其进愈难，其所见愈奇，其所得愈珍。

以上之见，孤陋粗浅，实属闲言碎语，不嫌人笑话。若对后学者有所裨益，则如愿为欣矣。即祝：

工作顺利，家庭幸福！

舅父　草草

2017 年 4 月 20 日，于咸阳沣水之滨三星斋

扇面　《地黄花》

老当益壮

每年农历九月九日，是重阳节。

这一天，人们相约、相伴、相聚，赏秋、登高、插茱萸、饮酒、吃重阳糕。古诗云："春秋多佳日，登高赋新诗。"重阳节是富有诗意的节令。

1989年我国将每年农历的九月九日定为"老人节"，给这个历史悠久的传统节日赋予了更加积极的意义，使其成为国人尊老、敬老、爱老、助老，弘扬提升社会道德，净化社会风尚的德孝之节。这一天，老人们或结伴，或由晚辈陪同，高高兴兴地走出家门，或郊外观览秋色，或游园欣赏菊花，或登高健身，或进农家乐尝鲜等，让身心沐浴在秋爽气清、景色宜人的大自然怀抱中，其乐融融。

我国敬老历史悠久。子曰："老者安之。"孟子曰："老吾老以及人之老。"重阳节把中华民族敬老这一优秀传统与现代民主、平等、和谐等社会主义核心价值观结合起来，发扬光大，构建和谐社会。

《后汉书·马援传》记载，伏波将军马援曾说："丈夫为志，穷当益坚，老当益壮。"意思是说，大丈夫立志做事，在穷困的时候，应该更加坚强，在年纪大的时候，应该更加勇敢强壮。其名言"老当益壮"定格为成语，代代相传，激励着老年人不因年老沾上暮气，要有充沛的精力和旺盛的干劲。

曹操《龟虽寿》诗云："老骥伏枥，志在千里。烈士暮年，壮心不已。"老年人更应不忘初心，"休将白发唱黄鸡"（苏轼句），且要乐观"莫道桑榆晚，为霞尚满天"（刘禹锡句），"满目青山夕照明"（叶剑英诗句），老不服老，老有所为。要保重养颐，更要"老当益壮"，投入到学习、生活和工作中去。

枫叶千枝复万枝

江桥掩映暮帆迟

忆君心似西江水

日夜东流无歇时

读九叶枫诗集超超唐人
鱼玄机诗书句丙申冬□蒙

行书 〔唐〕鱼玄机《江陵愁望有寄》

劳动者之歌

把大笼重担留给我挑

"把大笼重担留给我挑，你体力弱，挑轻的……"

最近，我去车间，偶然听到一位保全老师傅对他的徒弟这么讲。他们师徒同从车间向外挑废水泥块、杂物，因为徒弟是一个身体不太壮的年轻姑娘，师傅出于爱护之心，让徒弟挑轻的，他来挑重的。虽然徒弟坚持没有把重担子让他挑，但这给我很大的启发。

我们工人阶级肩挑着建设社会主义的重担。每个人都有双肩，都能挑担。但是有的人挑得多，挑得好。他腰杆挺直，乐呵呵的，矫健无比，哪怕是遇到狂风暴雨，遇着千山万水，也阻挡不了他前进的步伐。然而，不能挑的，不但挑得少，而且挑得不好。你看他挑三五十斤，走起路来，还要东倒西歪。倘若处在狂风暴雨之中，或站在崇山峻岭面前，不是唉声叹气，便是裹足不前，甚至弃担而逃。这显然是两种不同的人，前者是英雄，后者是懦夫。

人人都想当英雄，但是不论在过去革命的队伍里，或者在今天建设的大军里，不能挑担、怕挑重担的人也是有的。这些人，正如毛主席所说："……对工作不负责任，拈轻怕重，把重担子推给人家，自己挑轻的。一事当前，先替自己打算，然后再替别人打算。出了一点力就觉得了不起，喜欢自吹，生怕人家不知道。对同志对人民不是满腔热忱，而是冷冷清清，漠不关心，麻木不仁。"这些人是挑不了重担，也不会挑重担子的；即使偶尔挑起来晃摆几下，也会被担子压得蹲在地上，爬不起来。为什么？因为他们缺乏坚强的革命意志，缺乏自我牺牲的精神，那怎么能挑起得革命的重担呢？

在我们国家，敢于挑重担，敢于战胜困难的英雄是很多的。我们敬爱的领袖毛主席和党中央许多老前辈，他们不管在那白色恐怖的时代里，还是在那战争频繁的日子里，肩挑着中国革命的万斤重担，奔波在曲折险道之上，从不畏缩，阔步前进。在他们的后面，跟随着亿万个"铁肩汉"，他们又肩挑着建设社会主义的万斤重担，领导全国人民奔向新的胜利。在当前社会主义建设的日子里，出现了更多的英雄好汉，他们"见困难就上，见荣誉就让，见先进就学，见后进就帮"，哪副担子重，就去抢着挑，只要是为了加速社会主义建设，哪怕是日夜奋战，他们也毫无怨言。这真是革命的肩手，革命的英雄好汉！

革命的肩手，必须用革命的担子来磨炼。一个人的体力总是有强有弱，一个人的能力也是有大有小。但是，只要我们有坚强的革命意志，不怕重担，敢于去挑，即使开始挑得少些，挑不好，也会越来越好，越挑越多，把自己磨炼成为一个能挑重担的英雄好汉。我们要展望光明灿烂的前景，坚持鼓足干劲、力争上游的革命精神，打掉自私自利之心，事事为他人着想，处处以党的利益为重，发扬"把大笼重担留给我挑"的精神，使尽全身的气力，挑起社会主义建设的重担，挺起胸膛，勇往直前。

原载于 1961 年 12 月 16 日《工人日报》

劳动者之歌

运用图片协助教学

教化学可以做实验，教物理可以用仪器实验，但是，教语文课主要是叙述和分析，进行直观教学有困难。最近，我们在语文课中适当运用图片解题、解词，提高教学的直观性，取得了一定的效果。

一种做法是，教师在充分备好课的基础上，选择适当的图片，导入课文。例如，讲《任弼时同志二三事》一文时，先找到了任弼时同志的一张画像让学员们看看，使学员对任弼时同志有个印象，启发他们深入课文。又例如讲《松树的风格》一文时，就找到了几张松树的照片，让学员看看松树的形象，苍劲地屹立在悬崖绝壁上，即使是霜雪凛冽的寒冬，也依旧一副郁郁苍苍、生机勃勃的气派。这对加强学员联想，启发他们理解课文中深刻的意境起到一定的作用。

另一种做法是运用图片协助解词，特别是一些抽象的词语，用适当的图片解释，往往比单纯语言解释更容易让学员理解。例如，我们在讲《任弼时同志二三事》一文中，讲到形容弼时同志相貌的"严酷""威武"等词时，一方面讲解词的原意，同时又展示任弼时同志的画像，帮助学员理解这些词语。在讲《松树的风格》一文时，讲到形容柳树的"婀娜多姿"一词，就用了一张"春暖花开柳岸早春"的照片，讲到形容桃李的"绚烂多彩"一词时，就用了一张"桃李争艳"的照片。这样，把口头解释和图片形象结合起来，对丰富教学内容、活跃课堂气氛有好处。有些学员说："老师，你口头讲几遍我还不大明白，但一看图片就明白了。"

　　我们觉得图片教学虽然有效，但是每堂课里只能适当地配合运用，不宜过多。过多就会分散学员的注意力，反而效果不好。

原载于 1962 年元月 25 日《工人日报》第三版

劳动者之歌

五尺旧油布

四月十一日中午，我刚回到家，忽然听到门外传来陌生的声音："崔敬义同志在家吗？"我连忙出去，只见一位素不相识的中年男子，胸前挂着铁路证章，手里拿着一卷旧油布。当我告诉他，我就是崔敬义时，他便说："给，这是你的来信，这是你的油布。我们等你来领取，等了好些天不见你来，估计在生产中你很忙，没时间来取，又等着急用，所以我今天利用假日就送来了……"

原来是这么回事儿：我爱人产假刚满后，返厂上班。三月十五日在永乐店火车站候车，临上车时，把从家里带来的五尺旧油布丢在车站了，到咸阳下车时才发现。于是我就给永乐店车站写了封信。没过几天，便收到了复信："来信收到，你所丢油布由我站服务员拾到，请来领取。"由于工作忙，一连拖了几个星期未去。可是车站上的同志比我还着急，竟然带着信拿着油布寻上门送来了。

一块旧油布值不了多少钱，但是反映了我们国家人和人的关系。

原载于 1965 年 6 月《工人日报》

山下蘭芽短浸
溪松間沙路净
無泥瀟瀟暮雨
子規啼遊道人
生無再少門
前流水尚能西
休將白髮唱黃
雞

浣溪沙

軾句

丁酉春崔承養

行书　[北宋]　苏轼《浣溪沙·游蕲水清泉寺》

水石南塘气势新雪消风暖不生尘
池中春马去些微能招闲游人

唐张籍诗二〇一七年岁次丁酉季春崔敬书

节约『一克毛』

陕西第一毛纺织厂毛条车间在"一厘钱"精神启示下，节约"一克毛"成绩显著。

在人们的眼里，一厘钱微不足道，一根羊毛就更不足挂齿。可是现在，在"一厘钱"精神的鼓舞下，陕西第一毛纺织厂毛条车间经过开展节约"一克毛"的活动，也使许多因操作而飞走了的羊毛得到充分利用。

毛条车间是个半成品车间，进厂的原毛要经过这个车间清洗后加工成毛条。在加工过程中，不可避免地有些羊毛会轻轻飞舞起来，有的粘在人们身上，有的飘落到远处。过去，大家对这些飞走了的羊毛，根本没有当成一个问题考虑过。四月下旬的一天，职工们在食堂里吃饭，毛条车间党支部书记赵成笃同志，看见车间几个同事身上粘着很多羊毛，看起来毛茸茸的。他们一走动，身上的羊毛还粘到别人身上去。目睹此景，吃完饭他就把这几个同志身上的羊毛全部扫了下

明月一轮照古今

来，分别用天平称了称，结果重的有三四克，轻的也有一克多。于是，他就和大家一起算了笔账：一公斤羊毛是一千克，一克只有指头蛋那么一小团。按每公斤原毛的中等价格算，一克羊毛值六厘钱。全车间有一百六十多个工人，平均每人每天进出车间三次，每人每次粘出的羊毛，平均按三克计算，那么，从今年元月到四月，就有一百七十三公斤净毛，无形中从工人身上飞走了，经过这一算，大家觉得这是一笔很大的损失。

不久以后，全车间就热烈开展了节约"一克毛"的活动，各小组都设立了节约箱，备了一把笤帚。每人出车间就自动把身上的毛扫下来放入节约箱内。另外，在车间总出口处又设了一个节约袋，让大家把随意捡到的毛放到节约袋里。扫地工刘恒升，以前扫一次地，总能拣出大概半公斤羊毛，但在开展节约"一克毛"活动的第二天，他在地上就扫不出羊毛来了，他现在只好从别处想办法去完成自己的节约计划。

就这样，从四月下旬到五月中旬，全车间的职工从身上扫下来、从地上捡起来的"飞毛"就有约三十八公斤。他们用这些"飞毛"，又纺出了二十六公斤多毛条，为国家节约二百二十多元。

原载 1963 年 7 月 6 日《陕西日报》

劳动者之歌

姑娘林秀英
勤学苦练的纺织

星期六的晚上，厂里的姑娘们早早都跑到俱乐部、戏场去玩了。可是林秀英一个人坐在宿舍里，拿着织布梭子穿呀拉呀，不停地练习着。

这是国棉四厂一位令人敬佩的姑娘，全国青年积极分子，全省劳动模范。自一九五八年以来，三年多，她一直超额完成国家计划，为国家多生产了一万多米棉布，曾连续二十八个月没出过次布。她孜孜不倦地学习，苦心钻研和忘我地劳动。去年，她和大家一起创造了"卫星织布工作法"。然而她对已取得的成绩，是永远也不满足的。为了迎接"群英会"的召开，她提出在今年要为国家多生产二千五百米棉布，三季度一等布要达到99%，同时，她还提出要把处理断经时间缩短到九秒，处理断纬时间缩短到五秒，用这些成绩来迎接五一劳动节。

四月初，全国青工先进经验观摩团团员许桂花来国棉四厂表演的时候，林秀英积极学习。她把许桂花表演的技能都

——记在心间。许桂花走的时候，她俩还互相留了诺言：要互相学习，共同提高，争取在北京群英会上见面。从此以后，林秀英的学习热情更高了，她下定决心要把许桂花的先进经验全部学会。每次下班，她都带一把梭子回去，在宿舍里练装纬、接头，上了班就在车上实际操练。在高速运转每分钟二百四十转的情况下，她的看台数量并未减少。据四月二十二日测验，她处理断纬停台时间已缩短到三秒，处理断经达到十秒，换梭达到每分钟九把（一般每分钟只能换六至八把）。四月份，她天天完成计划，且一等布达到95%以上，但她还是不停地、顽强地学习技术。她苦学苦练的精神，使大家很受感动，许多姑娘都跟着学起来了。

原载于 1959 年 5 月 1 日《陕西日报》

扇面　行书　《福缘》

王师傅的工作服

"工作服被谁拿去了？"王师傅发现工作服不见了，起身就找。

"谁把王师傅的工作服拿去了？"张书记也有点着急了。

不到半个小时，大家把管区办公室内外找遍了，还是没有找到工作服。

工作服到底到哪里去了呢？这话还得从头说起。

七月的天，太阳火辣辣的，车水机上的马达在拼命地吼叫。随着这马达的叫声，涌泉般的清水哗哗地排进田畔里，秋苗得水后都像点头在笑。

"哒，哒——"突然，马达停了，管区党支部张书记正在和第五生产大队社员锄着杂草，听到马达不响之后，便都拥到了井边，怎么办？"这样热的天，水停了，那秋苗可受不了。"

"请工人老大哥帮忙吧！"王多生队长问了声张书记。

"对，请工人老大哥帮忙。老王，你还是赶快到纺织城请王师傅马上来帮咱修理吧。"张书记急切地说。

王队长得到张书记的指示后，立即到管区骑上自行车直奔纺织城，不一会儿就和王师傅一起来了。

王师傅自厂社挂钩以后，已经对这里很熟了，不用招呼，直向井边奔去，仔细检查了一番，发现马达的漆包线烧坏了，重新绕制的话需要一个星期。

"那怎么办呢？现在天旱得这么厉害，再等一个星期，这几十亩秋苗就晒干了。"张书记焦急地说，希望王师傅能够想办法解决。

看到这个光景，王师傅心里想："支援农业责任重大，不能等一个星期，还是把厂里的备用马达拿来先用上，再修理。"接着向张书记讲："张书记，不用急，厂里有备用马达，我现在赶回去，请示党委，马上拉来，把这个换下来修理。"说罢起身蹬着车子就回去了。

王师傅把坏马达的事向党委做了汇报，得到了党委同意。他叫了个徒工帮忙，用架子车把马达运来，很快就装换好了。

"哒……"随着马达的欢叫声，水车又转动起来，泉涌似的清水又流进了秋田里。

回到管区已是深夜了，王师傅脱下工作服，洗了手，在张书记的陪同下和大家一起用晚餐。

吃罢饭，王师傅找不到工作服了，东找西找，到处也找不到。

第二天大清早，王师傅起身正要回厂，只见食堂王大妈手里捧着叠得整整齐齐的工作服迎面走了过来，满面笑容地对王师傅说："工作服洗好啦！"说着便把工作服交给了王师傅。

原来是王大妈在盛饭的时候，看见王师傅的工作服弄得满是油和泥土，就偷偷地拿去洗了。王师傅接过工作服连连道谢，之后便着急回厂上班去了。

原载于 1960 年 8 月 28 日《西安日报》文艺副刊

明月一轮照古今

赶修

钳工丁师傅，下班吃罢晚饭，推着自行车刚刚走到厂门口，就和一位气喘吁吁的中年农民相遇了。他急忙上前和那位农民打招呼。这位农民是上庄生产队的王队长。前一段时间，厂里派人支援公社种麦，丁师傅曾给他们队里修过播种机。

"老王，你有啥事啊，急成这个样子？"

"哎！丁师傅，咱们队里那台轧花机坏啦！"

"轧花机坏了？"丁师傅插了一句。

"可不，迟不坏，早不坏，偏在节骨眼上耍起麻烦来，队里还提出积极向国家交售棉花的保证，正和下庄生产队展开竞赛哩。"

"走，咱们看看去。"丁师傅说。两人骑上车子，飞也似的奔向上庄去了。

到队里，没停脚，就去轧花房，丁师傅一检查，是主动和被动牙轮坏了，得换新的。

"要换，队里没有，就明天再搞吧。"

"不能等到明天，给国家交售棉花的事情要紧。"丁师傅说着，随手画了一张草图，就和王队长分手了。

丁师傅回到厂里，一气跑到李书记家里，说明了情况，和李书记一起找到了机修车间赵主任。这时，车间工人早就下班了，丁师傅回头又来到职工宿舍。

宿舍里有下棋的、看书的，很热闹。丁师傅进去把这件事情说明后，喧闹的宿舍霎时安静了下来。

"有这号牙轮模子，我们马上开炉铸造。"铸工张师傅看着丁师傅画的草图说。

"好，你们铸，我们车削。"车工们同声说。

话没落音，铸工、车工、钳工……一下子六七个人跑到车间干起来。

车间里顿时一片沸腾，没用多长时间，就把牙轮完全做好了。

这时，丁师傅推着车子进来，大伙儿一齐动手，把牙轮装在车子上，丁师傅就启程了。

到了队里，丁师傅来到了轧花房，很快就把新牙轮换上了。按动电钮，随着"哒，哒，哒……"的声音，轧花机又轰轰隆隆地转动起来。

王队长上前紧紧握住丁师傅的手，不知说什么好。

原载 1962 年 12 月 17 日《西安日报》文艺副刊

淑清和凤兰

杨凤兰是二道梳毛机值车工，马淑清是三道梳毛机值车工。有一天，二道机上把级数毛和只数毛弄错了，混在一起送到三道机上，被细心的马淑清发现了，她及时向领导汇报，做了处理，防止了严重质量事故的发生。

事后，淑清想，自己是先进生产者，又是共产党员，凤兰是一九六一年九月进厂的新工，年龄比我小，应该多帮助她。

这时，正好厂里组织职工去看话剧《雷锋》，淑清也去了，雷锋三番五次帮助康虎转变的事迹深深地感动了她，给了她很大启发。她想，雷锋也是个年轻的共产党员，能把那么难说话的康虎帮助过来，难道我这个共产党员，就不能把凤兰帮助过来吗？看完话剧，她匆匆离开剧场找凤兰去了。

不久，厂里又组织职工到市文化宫参观《向雷锋学习，向赵梦桃看齐》的展览。在参观中，淑清看到赵梦桃同志不让一个伙伴掉队，以心换心，帮助唐赛娟、陈秀云等同志的事迹后，帮助凤兰同志的信心更大了。她向党支部汇报了自己的想法，同时暗暗下定决心，一定要把凤兰帮助起来，不能使生产受到影响。于是，她主动接近凤兰，在班上帮凤兰接毛头、扫车，下班后，抽空在一起谈心。通过谈心，淑清了解到凤兰的家庭和自己的家庭相同，在旧社会都是受压迫、受剥削的穷苦农民，而且凤兰的爷爷、父亲、母亲都讨过饭，给地主家当过长工和佣人，直到解放后才翻了身，过上了新生活。这时，她就对凤兰说："咱们都是新社会成长起来的，是共产党和毛主席带来了幸福，才使咱们不像长辈那样，过着受人欺压的生活了，如今有吃有穿有工作，不好好工作，咋能对得起党和毛主席呢？"同时，她趁势指出了凤兰的稚气大、责任心不强等缺点。凤兰的心扉终于被打开了，她对淑清说："以前我错了，使生产受到了损失，今后，还要你多多帮助。"淑清也笑着说："咱们互相学习，互相帮助，只要把生产工作搞好了比啥都强。"

　　淑清还把毛条搭头、包夹两个动作合二为一、又快又好的接头操作法教给了凤兰，使凤兰大大缩短了接头的时间，产量质量都有了显著提高。

原载于 1963 年 10 月 15 日《西安晚报》

明月一轮照古今

　　人人都说陕毛一厂电工陈柏奎工作好，到底好在哪里？前几天我去机动车间进行了采访。

　　刚走进车间，就碰见好逗趣的"老宣传"张师傅，他说："电工陈柏奎，故事一大串，你要来采访，就讲一两件。"道罢几句顺口溜，接着就滔滔不绝地讲了起来……

　　"前些日子，安装工作正在紧张的时候，厂里买回一批电磁开关，因电压规格不对，烧坏了很多，直接影响到机电安装工作和生产的正常进行。老陈为这事苦闷了几天，找同志研究，寻领导商量，决定另设法绕制线圈。可是，却没有好的绝缘纸。他到供应科找质量好的硬纸来代替绝缘纸，结果改修好了十八套电磁开关，节约了一千八百多元，更重要的是解决了安装工作和生产上的关键问题……"

他停了停又讲："还是在安装电气设备时，由于机械厂运来的开关不适用，无法安装，老陈就组织同志们拆开关，将所有的开关的控制线路进行了改修，把原来质量差的软管穿花线改为硬管穿胶质线，在接口处涂上铅油，不但保证了安装工作，还提高了安装质量……"

"老陈有个倔脾气，不论啥活，干不好总不罢休。譬如在改修电磁开关的时候，他中午不休息，晚上连觉也不睡，眼睛都熬红了。"

"他的先进事迹可多啦！昨天我们评第三季度先进生产者时，大家都提议选老陈。可他呢，只是红着脸说：'我没有什么，成绩是大家的。咱们勤俭办企业嘛，处处都应该想办法，少花钱多办事……'"

原载于 1965 年《咸阳报》

明月一轮照古今

亲爱的爸爸：

您好！

今天是我有生以来第一次给您写信，从小学到大学，再到参加工作，成家结婚生子，我一直都在您的身边，不管遇到什么事，我都会面对面向您诉说，聆听您的教诲。现实告诉我，这种场景现在只能在梦中出现。如今想要对您说的话只有写信让清风给您捎去。

您离开我们已经三年多了，但我从没感觉您已走远。您仿佛就在我们身边，您的音容笑貌就在眼前，您的叮咛嘱咐就在耳边。

每年您的生日、清明、十一、过年，我们都要到您的墓前，手捧鲜花，上香燃烛，摆上点心、水果，供上一碗您最爱吃的岐山臊子面，此时此刻我们会想起您从前的很多很多……

您从20世纪50年代起，在省、市以上报刊发表文学作品及书画作品300余篇（幅），出版有楷书《王振宇教授德教医方碑帖》，行书《前出师表》，以及《崔敬义书画选》《崔敬义扇面书画选》等。您还为周公庙、乐山大佛、咸阳湖、咸阳古渡廊桥、乾县莫谷大桥等景点书写楹联或题词。

写作、书法、绘画不仅是您的爱好，更是您处世育人方式的体现。

记得我还很小的时候，您抱着我妹拉着我经常去体育场灯光球场看篮球比赛，带我们到新华书店买小人书，引领我们感受和发现生活之美。在我垂髫之年您就教我写毛笔字，让我从小在一笔一画的反复练习中渐渐体会做人的原则与做事的不易。我刚上小学三年级，您就给我和小雅妹报名参加学校的毛泽东思想文艺宣传队，让我学二胡，小雅学扬琴，在我们幼小的心灵里播下艺术的种子。您给我买冰心的《小橘灯》，订《中学科技》，培养我们德、智、体全面发展。我忘不了在那个物资匮乏的年代，只要厂里有熟人去北京、上海出差，您就会让他们捎上几斤牛奶糖回来给我们吃。夏天，您每天在我们上学时，都会给我一毛钱，让我和妹妹一人买一支冰棍吃，让我们享受到许多孩子少有的"富有"。每到夏日，您总会扇着扇子为我们驱蚊消暑；每年过年，您都亲自买布料为我们裁剪制作新衣服……

明月一轮照古今

当我们长大成人，有了自己的家庭和孩子，您和母亲退休后又帮我们带孩子，从幼儿园到高中，孙女、外孙女一直在您身边。

在耄耋之年，您整理出许多文章，希望能正式出版一本散文集，给后人留点可读的文字，没想到这成了您的遗愿。

今天要告诉您一个好消息，您的散文集《明月一轮照古今》就要正式出版了。

您儿时玩伴好友、原《延河》主编徐岳叔叔亲自为文集作序。91岁高龄的著名文学评论家闫纲老先生阅读后题赠"韵味悠长"。他在给小雅的信中这样写道："我一以贯之，写散文；纯情——传神——带体温，却搞不清什么是'体温'。读令尊散文，看他掏心窝子，全身心地投入，读着读着一股暖流直抵灵魂，正对应了一句名言：在主义之上我选择良知，在冷暖面前我相信皮肤。这不就是体温吗？"

摄影家傅晓东为书画作品拍照、文集插图选编做了大量工作。

由于文集知识性、趣味性强，内容积极向上符合新时代文化繁荣需求，市群众艺术馆将散文集作为文化精品创作已上报市文旅局。

我和小雅也代表您对为文集出版给予支持帮助和付出辛勤劳动的领导、同志、亲友和单位表示深深的感谢！

您在世时，总是操心母亲、儿孙，您放心，母亲现在精神状态很好，我们会继续照顾好她老人家的。小雅现在也弄文舞墨参加各种书画活动。您孙女森森的宝宝，也就是您的曾外孙已过周岁了，我们大家生活得都很好。

祝亲爱的爸爸在天堂生活快乐！

儿哲哲

2023 年 4 月 16 日

扇面　行书　［北宋］苏轼《浣溪沙·游蕲水清泉寺》

明月一轮照古今

江城子·敬爱的父亲周年祭

崔雅

冬夜潇潇寒风凌。雨清清，雪明明。一吟无语，天涯咫尺情。双目催下千行泪，一叩首，在心庭。

心语凌乱无处传。空望天，亦无还。乌啼梦破，惊时已故园。可怜吾拥家翁日，再叩首，泪无缘。

冰雪寒意冷离愁。风悲吼，时不留。驾鹤西去，惟留河断柳。埋愁地间纸灰起，长叩首，不复收。

周公庙碑亭

礼乐裕肯国远启后

周公庙碑亭楹联右

卜甲兆古鼎文耀今

周公庙碑亭楹联左

周公庙后稷殿楹联

周公庙后稷殿楹联右
迩来父子争天下

周公庙后稷殿楹联左
不信人间有让王

咸阳廊桥南阙门

咸阳廊桥南阙门楹联左

云横古渡帆

咸阳廊桥南阙门楹联右

凤醉终南雨

咸阳湖景区立石题字

[唐]许浑《咸阳城东楼》

一上高城万里愁

蒹葭杨柳似汀洲

溪云初起日沉阁

山雨欲来风满楼

鸟下绿芜秦苑夕

蝉鸣黄叶汉宫秋

行人莫问当年事

故国东来渭水流

咸阳城东楼

一上高城万里愁
蒹葭杨柳似汀洲
溪云初起日沉阁
山雨欲来风满楼
鸟下绿芜秦苑夕
蝉鸣黄叶汉宫秋
行人莫问当年事
故国东来渭水流